アンヌのいた部屋

小林久美子

北冬舎

アンヌのいた部屋 ❦ 目次

アンヌのいた部屋

時の静かなものの巡りで

I

うつくしい書簡をまえに

どうして
胸が打たれるのか
小さな夢が破れて
目覚めたあとを

ひとりへのためにのみ
炎えつきる蠟燭
灯のほとりに
ひとを映し

落雷を沖にみていた
運命に
手を貸すことは
できないように

灯の前でおもう
ここにいないひとや
雲のかたちの
つくられ方を

投げ返さなければ
ならなかったのに
達しえないと
分かっていても

画のなかで汝が
ほほえむ
汝からはなれることが
できたかのように

かなたへ
運ばれる問い
遥かな時のむこうで
応えられるために

画のなかで
汝は吾の証人になる
画きまちがいで
あったとしても

覚書の紙片がでてくる
まだ知ることのない
感情を纏い

出会ったことで
存在させてしまう声を
すがたを見うしなっても

とぎれた季を
現在に溶け合わせられたら
午後のルツーセを塗る

不遇にさえ
うるおされたのを想う
つながって往く二艘の舟に

うつくしい書簡をまえに
試される　ひとへ
愛を返すということ

稲妻も雨も
夜空のこれまでの
実験の成果をみせて降る

II

素描のための右手の模型

あわ雲の
真下にひとり外《と》つ国の
女性が立って
フェンシングする

放たれて
うつくしい形象になる
トルソが腕が
頭部が脚が

白または
黒を身にまとう
女人を目に追う
画集をめくりながら

画家といるのに絵に住めば
ひとりで出かけ
ひとりで帰る
人になる

うしろ手に扉を
閉めてきたのか
素描のための
右手の模型は

とうめいな器と真水
くもらせる
ことのできない
ものら触れあう

ほんの少しの人にしか
読まれない
ようにと希《ねが》う詩
憩《やす》む裸婦は

画家の指示
だっただろうか
絵のなかのひとは
デシンの白を着て笑む

草原のちいさな
水たまりのよう 道を
たずねてきたひとの眼は

うす塗りの画のつめたさ
伏し目の像のしずけさ
こおりが張る朝の

板床を拭き終えるまで
かかっていた
背もたれのある椅子は壁に

痕跡を残さない行方を
さぐる 次の
稲光を待ちながら

ひといろに合わせる
絹のしら糸と
乳白色の骨の釦《ボタン》を

あるはずの椅子
手づくりの誠実をのこす
ひとりの黒の作業衣

Ⅲ

栗色のマフ

もう
割れることのない像
純心がいどんだ精神を
手にひろう

造り手とモデルの
秘めた愛をみる
遺されたてのひらの
かけらに

あたたかい
右手がマフのなかに会う
つめたい
左手をひきよせる

白甜《しろてん》は
無垢を象徴されながら
胡桃《くるみ》の板に
画かれた油彩

もの音を大きく響かせて
しまう
溶き油の瓶を落とした
せいで

罪のない
きよらかな眼差しだった
その表情に
筋をしずめて

ひっそりと
一緒になっているところ
ながくつづいた
二本の径が

このさきを
歩ませるのを
禁じているのか
無言の風倒木は

上枝《ほつえ》を伐るとあまい
香りが立つ ゆび傷の
血ほどのぬくみを持ち

なぐさめを与え得た
像だとわかる 白い
一片でしかないのに

なげかない塑像にふれる
愛をしられず
知られないなかにやすらぐ

そらをゆく鳥が迷わないよう
季の時計になる
一本欅

おなじことを思いみる
二本の薪がひとつの
炎になるまでに

ふゆの陽は
山上の湖水にとけて
忘れな草のあおにしてゆく

Ⅳ

ベレと編上靴

あみ上げを
試しに履くつかの間
おもうまま編む
めぐりたい村の名

農道をよこぎる
しろい牛の群れ
ひそかな思い出
は愛される

夕立に
手洟かむ少年がいた
急勾配の
坂の上には

戸棚から
蜜蠟をとりだすとき
そこを聖堂に
おもう日がある

季を聴きわけているひと
ベレも
髪も
氷まじりの雨にぬれて

画く者の羞《やさ》しさを
蒐《あつ》めるという
裸婦は私的なものを
さしだし

室内の
ゆびさきの まなざしの
濁りを雪ぐ
蠟燭のともし火

書見台にひとり
佇つ少女
袖のふくらんだタフタの
襯衣《シャツ》を着て

汝の云う思い出がなつかしい
吾の思い出に
あるはずはないのに

話すことなくなればまた
ひそやかに
そのくちびると膝はふれあう

あまく煮つめた
ネーブルの薄切りが添う
近海の魚のひと皿

積雪が踏み台になる
裸木にのこる
小鳥の巣を採るために

汝の意思はことばではなく
身体に翻訳
されていくときがある

洞窟の隠者だろうか
暗がりに粘土を
手なずけてゆく汝は

V

パン籠と食器棚

昨日は
見逃したけれど
一昨日よりほんのり谿が
粗野にみえる

どこにいたのか
一度うち消した
言葉に呼びかけられて
立ち止まる

どこかで
問いなおせるなら
人の真意を傷つけて
しまわないよう

損なえば
傷つけてしまうのだから
ひとつ誤り
今日をまちがう

ゆきすぎた
思いを照らし気づかせる
未熟な者によりそえる
灯は

棄て置いたはずの
塑像が棚にある
整頓好きな
汝がしたこと

朝の日に息づく
トルソ
やすらかに思いは養われる
ものだと

食器の棚を
褐色にみせている
冬の午まえの
ひかりは今

ひたすらに正午は
ひとを過ぎてゆく
うすらぐ冬の酸素のなかを

麺麭《パン》はまだ
切られないまま籠にある
純白の綿布にくるまり

在ることが命であると
かたよせた皿を
配膳台にならべる

のぞむなかで知らされる
生はもとめる途上にしか
いられないのを

ふれられない
意思のゆくえを思う
最大値のない放物線に

両のてのひらをやさしく
にぎり合わせて
夕べのひとは席につく

VI

鉤にかかる布巾

透かし入り
乳白色の紙に画く
かかとに腰を
おろす女人を

やわらかな
ひかりとともに戸は
ひらく だれかが
立っているのを告げに

むこうから押しひらかれる
扉だとおもう
素に立つ
汝の象《かたち》を

汝から渡されたことばが
吾の声になる
投げ返す
球のように

紙をひろげて
サンギーヌに画く
白いビーズをつなぐ
汝の貌を

内心に
潜んでいたものが外に
でようとする
木立をすすむと

信頼が身体に
沁みこんでゆく
真に冷たい
素水に変わり

使いなれた皿を食事で
あたらしく知るように
ことばに
会いたい

汝を立たせ
曲線にむすんでゆく
その貌を首を肩を胸を

かろやかにあるよう
天に行くように巣を
かけたのか　あんな高くに

木の実の美味しさを空に
空のしずけさを木に
語りやまない鳥

かりそめにゆめを
養うのだという 戸棚の
物を入れ替えるひと

鉤にかかる布巾
棚にならぶ油瓶
ちいさな暮らしの縁かざり

眠る汝を
今日の家事のあとに画く
こだわりのない紙とインクに

Ⅶ

すりきれた袖にシフォンの縁飾り

花は樹の
よろこびのよう
喜びであるのを
知らず枝に載るよう

かるくくぼんだ木の段梯《きだはし》を
のぼる
ひとつの予感に手を
ひかれて

杏子《あんず》の枝について
記した手紙
硝子の函の底に
ひらかれ

絵をまえに
小声で話しあう
ふたりの色彩論へ
耳を澄ます

野の道に
野川がつかず
はなれずの添いかたをして
絵のなかにある

洗い終え蛇口を締めれば
しずか
皿と中性の
透いた液体

すりきれた袖に
シフォンの縁飾り
ふるい上衣の
仕立てなおしに

画架の絵の沈黙は
つつしみ深く
ひとをつつんで
乾くのを待つ

鈴蘭《すずらん》は五月を
幸福にさせる　つつましい
香の感染力で

汝を画きながら
索《もと》めているのがわかる　まだ
気づいていないことを

ひとの手に折り畳まれて
二夜を越え
吾の手のなかに開かれる紙

きよらかな花の模様の
飾り文字だった
画学生のまじめさで

裸婦を休ませ羽織らせる
平絹の柄は
遠心花序に沿うもの

消極の会話のなごり
今はだれもいない室《へや》の
椅子のほとりに

Ⅷ

古書室の壁の灯のもとで

農耕の
ふるい版画の
絵葉書が売られる
洋書専門店に

断言を避けて
語りたい
中世の詩がほどこした
色について

紙を置き
インクを浸し
蠟燭をペンに灯して
宛てられた文字

とり落としたインクが
黒い糸になる
言葉を線で
画こうとして

通信のないまま
人に宛てられた
修道院の
ふるい絵葉書

まえに読んだ日も
この語にとまり
辞書をひいたはず
載っていないのに

髭皿のふちの
凹みをなぞる
無言で受けいれた
暮らしの線を

同時性の気高さ
一対の
燭台をこぼれる蠟と
その香の

こっくりとしめった
午后は閉ざされた寺院の
脇の小路をぬける

円くちいさな高窓から
さしこむひかりの
なんというかろやかさ

本棚の伴侶になった
ほそながい通路のならぶ
図書館のこと

古書室の壁の灯のもとで
汝は愛の調べものに
没頭する

詩句だったと思う
読めないままに目を走らせて
戻した紙片は

若い日の汝の写真に判る
彫刻に打ちこむことが
愛だと

IX

習作のトルソ

夏霧をケープのように
纏うから
今朝は山をひとに
見てしまう

ながれて
象《かたど》られる鉄
日輪のように
あるだけの熱をはなち

白麻のブラウスを着て
画かれる汝
簡素な
観測所を冷やし

水に沈めないコルク
こころをふかく
明かしあわないで
思いあう

習作の
トルソにおもい描く
肘の硬さを
耳のやわらかさを

憩《やす》むとき
白いサテンの部屋着をはおる
肩に雀斑《そばかす》のある
裸婦

鐘の音がかの地を
潤したという
思い出はだれにも
奪われず

もつれそうに
飛んでゆく雀たち
ほんのりあかるい
雨のあいだを

伐りおとす檜木《ひのき》の枝を
立つかおり 汝の
無言にひそむ思いは

たち止まる人のない絵に
深まる白 それを
汚す眼からのがれて

信頼に似ているという
ひかりの許《もと》に
自分の影が落ちるのを

この画の前で
時間とともに過ごして
吾の屈託を減らしてきた

片頬をじぶんの肩の上にのせ
描かれるため
目をとじる汝

黒のポットにカフェを注《つ》ぐ
人にみていた 落ちて
ひろがるまごころを

X

睡蓮と水盤

いっしんに
粘土を盛りつける
汝は手首で
前髪をかきあげて

頬を
また箆《へら》に削り落とされる
制作台の
女人の塑像の

直角に曲がる塑像の
肘と首
ふたりの言いぶんに
ひき裂かれ

日日のことごとの
あわいにきらめく
ひそかな夢を
嘆じられたこと

森に入るすがしさを
汝は云う
ことの葉が
土に埋蔵されると

汝にだけ
しずかに蔵《しま》われた秘密
だれにも
負わせたりはしないで

本心を
逸れてゆくことの葉が
舞う 金属の
かがやきを放って

雷《いかずち》は琥珀のいろに
ひらめいて
通りすがりに
立ちさるこころ

ひだり手をじぶんの
右の肩に掛け　夏の
午睡にしずんで人は

たかく鳴く一羽の雀
水盤が
空《から》になるのを知らせるために

喉《ノ》割《ド》れの本にみていた
汝にだけ
秘密を負わせてしまったこと

なつの陽の氾濫のような
つよさで
苦しみに撥ね反されるなら

描きそんじ棄てた
カンソン紙をひろう
使える面を切り採るために

すいれんがもう咲いている
早朝は思想を
結晶させるところ

XI

天秤はかり

汝を画きだすとき
堅く鎖ざされる
くちびる
ひみつを護るように

ときに彷徨い
ときに呼びもどされる
汝を追いつつ
引かれる線は

羽や
木の実や
舞舞のぬけ殻のある部屋
森に佇むひとは

音をたてず
堰は築かれる
本心がながれでて
いかないように

秋の市に売られる
鶏の手羽肉
豚の股肉
牛の頬肉

汝が盛る
梨や葡萄や無花果の
籠にみていた
その物腰を

蜜蜂や蜘蛛の
死骸は棚かげの
静物になる
錫皿の辺の

逃げやすい心は
行きすぎず
退きすぎず
そっと引きもどされる

ふりむくポーズを画く間
幾度吾を見返している
目と合っただろう

あやまった解釈を
吾はしたのだと思う
しずかな汝の顰《ひそ》みに

みぎ皿のこころを量る
言の葉を
ひだりの皿に畏れつつ載せ

いちにちに一日を継ぎ
回廊をあゆんだひとを
目を閉じて追う

みずからの弱さを認め
その場から歩みなおせる
絵を観たあとに

ひつじたちは佇ちながら
草をはむ　無言を
古着のように羽織って

XII

一台の火のないストーブ

もう冬にいる
錯覚をうち消すとき
汝が遠のく感じに
なる

一列になり
小鳥が逃げさる
吾のまえの消失点へ
むかって

ひっそりとした部屋になる
一台の
火のないストーブを
置くだけで

かかわりは
ないと思っていたのに
二通の書簡が
一対になる

汝の横貌に
取りくむ透《とお》る朝
ひきゆく線に
ゆめをみさせて

ものさびしい光に
かたどられた容姿だと
おもう
画かれる汝を

素の貌や背中や
腕や脚を画き
紙に
蓄えられてゆく汝

機を織るひとにみていた
雪の日の
しんと典雅な
幸福感を

みえない拒否を知ることの
しずけさは　窓に
翼をうちつける鳥

見えていたものが
みえなくなるところ　紙に
落とした消失点は

まずしさが貴さになる
叶わないねがいにふれる
暮らしのなかで

未来はいまと関わるから
種のなかに
花がひそんでいるように

野に奏でる雨
名づけられた音のひとつひとつを
呼びだしながら

土が芽を押しあげていく
みずからの思いを
色にしのびこませて

XIII

仕切り棚と球体

汝は午
つめたい風に荷を
提げてきたゆびさきを
口もとへやる

みずからを受け入れ
ふかくもの思う
ひとになる汝
画きつつ想う

ほそく　あぶない
自分の思いの上を
あゆむように
橋をわたった

こと葉の波は
飛沫をあげず
退いて　汝の躰に
還っていった

野の花が力を合わせ
祈りだす
演じられない
その運命に

だいじなことは目立たぬ裡に
決まる
仕切り棚から抜く
薄葉紙

みずからの中心へ
連れもどしやる
ゆくえを
見失ったことばを

まぶしさに遮られる
視野におもう
天は白みに
充ちているかを

花のそばへふらり寄る蜂
なにを思いだしたのか
加速して去る

めざめたらもう遠ざかる夢
しんと収奪されて
しまうみたいに

服のようにこころを
躰にまとう じぶんを
毀れものに感じて

球体に監禁された円
取りだせるのは詩だけ
なのだと思う

きよらかな胸に抱かれる
貧しさと哀れさ
どちらかをではなしに

水盤をとびさる一羽
すぐあとを追うもう一羽
きょうのどこかへ

XIV

烏瓜の押し葉

いましがた
までこの部屋に
いたひとの名残りだろうか
しんとあかるい

まだ
唇に結ばれているのか
あの日放った
またね　の言葉は

はなの種
釦 古切手
糸 切符 針
が収まる死者の小函に

なぜなのか
約束されたものを
手にすることが
叶わないでひとは

みず飲み場を
とびさる小鳥
地上の暮らしを
よろこび了えるように

ゆめみられる象《かたち》になり
時をゆく
夢みる者が
彫《きざ》んだ柱

職業の
専門用語はうつくしい
語るひとを
ふかく見護り

ゆうぐれの
暮らしの資料館を出て
ふり返るとき灯りは
消えた

被写体の死をすでに
知っていたのかやさしく
そこに佇たす印画紙

からすうりの押し葉の
紙にしるされた
季の夜のしろい咲きかた

たわいない手紙を人に宛てる
無事を
報せるのが目的だから

鐘はきよらかに二時を告げる
みつばちが蜜を
口うつしするとき

蜜を溜め終えた蜂のように
もうなにも
求めないでいられるなら

たしかめるように繁る葉
確かめるのをやめないように
楠木は

XV

双つの塔のある小鳥の飼育籠

点景に画いた汝を
見ておもう
解いてはならない
問いであったと

箱の底の粉に潜んでいた
鼠いろや
狐いろの
パステル

森に秋を落としてゆく
木洩れ日
よろこびはしずかに
感染する

交歓と交感
と呼ぶ　金糸雀《カナリア》の
飼育の籠の
双つの塔を

灯のない
地下へ降りる
信仰を前に自分を小さく
するように

石膏のように
油彩の画のように
渇くのを待つ
必要がある

剥製の
雉や鼬《いたち》や鹿のある
工房の裸婦
なにも手にせず

満月に
暈はかけられ
ひっそり灯されてゆく
鼬の抜け径

行きも帰りも
片側に沿うから 知らずに
すれちがってしまうのは

火の消えた蠟燭におもう
記憶をためた頭部をさがす
トルソを

列柱は半身を陽に
撫でられている刻も
禁欲でいられる

おしえることも
教えられることもできない遠さに
鳥のゆくえは

部屋のわずかな調度が
汝の背景になる
もう汝はいなくても

解くことの叶わない問いに
水洗いした思いを
さしだしてみる

XVI

二枚のサンギーヌ

たどりつけない
言葉になる
よごれる
ことのできない光のように

いのり終えあるきだす
こころから
ふり落としたいものを
蔵いながら

ひとりでの
こころとの対話は
死ぬ日までできるし続くこと
だから

生に
ひたされてあること
草木が実をなすために
芽をだすように

シャンタンの
立ち襟の
ホックは外される
一日の正餐を了え

洞窟に
真水が満ちる
面《おもて》には出ることのない
苦悩のように

こころに
抱えこまなければ
ならないものが
さしだされる　吾のために

寝台に腰かける裸婦
サンギーヌ
二枚のどちらにも
素描され

彫像がうつくしいのは
右と左　ふたつの
横貌をもつから

鍵をかけた抽斗《ひきだし》に
蔵われていた手紙の
ような序文を読む

うつくしい意思を
求める人だった 他者の
そういうところしか見ず

招いてくれるだろうか
ひとりだけが坐れる椅子に
ひととき死者は

いつも純粋にたたずむ
消灯に今日も躰を
しずめてもらう

いつかしら花の匂いの
意味を知るに似て
思想は証されてゆく

XVII

檸檬色のプラターヌ

あともどりしようのない
痛みがつぶだつ
ときおり
過去がふれにきて

山のいただきに到り
陽をあびる
何故いま此処に
汝がいないのか

求めつつ探しださなければ
見ることはできない
夢ではない
から

にげさりながらおとずれる
時間と暮らす
ひき裂かれ
癒されもして

沖を見ていると
しきりに判りたがる
ここにいない
汝のきもちを

野の径に
季のちいさく
きよらかな資料がつづく
花や 穂 実 葉 根

問いかけたあとの
こたえのなかを
行くように下った
山の小径を

きょうの陽が黙して
町を撫でてまた
しずかに消える
時に連れられ

檸檬色にかがやきだす
プラターヌ
さきに好意を得てゆくように

こもれ陽を繕うためか
一匹の蜂が
木の間を縫いながら飛ぶ

山に射す陽を讃えよう
この眺めが哀しいはずは
ないのだから

こんな穏やかな径があったのか
いつもの山を
うしろへくだる日

重荷をいつしか軽いと
感じている　いまの
雲の流れに思う

秋のおわりの
朝の陽にあたたまる
二重の鍵のかかる扉は

XVIII

牡鹿の頭蓋

つめたさの模写だろうか
うつくしい多角の
かたちを
結んで雪は

わかい牡鹿
だったと想う　頭蓋も
二本の角も
無傷だから

あたたかい列車に夢みて
いられた
脱いだ
上着を膝にひろげて

海はよろこびを
延期している
天へひかりを
反そうとしないで

あしあとの
ない雪道におもう
至りつくには歩む
しかないのを

雪に射した
ひかりが告げる
死は予感することしか
できないのだと

手をひたせば
十秒ともたない
ほどのつめたさ
翡翠色の川で

あたためた窓をはなれて
行く夕陽　明日
おとずれる
時刻を告げて

樹から樹へ
季がつたわりゆく許《もと》に
煙草から煙草へ火はうつる

しらない土地へくるたび
錯覚する　帰れば
汝が存在すると

悲が人を捲くときがある
押しもどすことの
できない力をもって

八ミリフィルムのなかの
汝はひかり しきりに
なにかを語りかける

形象をもたない時間は
瑕《きず》つかない　血のように
ながれていても

過去なら見つめなおせる
もういちど自分に
自分が帰されるまで

XIX

修復を了えて扉は

ひかえめなまなざしに
招かれあゆむ
嵌め木の床は堅く
つめたく

腰かける者のない
長椅子の列
吾をつつみゆく
汝への敬意

もういない人の
思いに身をよせて立つとき
問いも
吾のそばに立つ

オルガンのひびきに
戦慄が
はしる 今
あなたのいたみを知りたい

しずかに
つきはなされながら
こころは澄んでゆく
差しだされた曲に

目を閉じさえすれば
汝をたどれる
汝は今
ここにいないのだから

部屋に点される
裡なる灯
じぶんをかえりみる
場であるはずだから

手と心がひとつに
なれたのか
頭を羽におさめて
ねむる鳥

いつ編んだ歌だったろう
歳月にほつれゆく
ことの葉を繕う

あの卓で手ぶりをそえて
話す人を　ひとりに
置きかえて見ていた

死者だけがもちうる
しずけさのなかで
蠟燭の火は生者を点す

ひとりへの楽譜だろうか
陽がさしてくるのを待って
書かれた手法

手にふれる者のこころを
あたらしくする
修復を了えて扉は

黙想は暮らしのなかの
手を止めさせて
親愛や安らぎをよぶ

XX

水彩紙を裁つ午さがり

胸に汝が
質量をもちはじめる
時おり憶いだされる
せいで

希《のぞ》むものならば
描いていけると
おもう 存在は
していなくても

一曲が書きあげられて
五線譜をはなれる
ペンに喩える
汝を

川幅がひろくみえる
冬の辺に
水彩紙を裁つ
午さがりまで

季をえて
裸木が芽ぶきはじめる
そのように
きもちも立てなおせる

しずかに
詩はまずしい椅子に
まねかれまどろむ
夢にめぐまれたこと

火を点じられた小枝を
ながれだす 出会いの
よろこびと
おなじもの

知らないで愛せる
だろうか
人によせる信頼が
蜜房になる

会わないで耐えてゆくこと
何枚も
薄紙《うすし》が重なりあうみたいに

十年の後
紐を解きひらかれる
汝をモデルに描いた紙は

画くあてのない
紙をえらぶ喜び
クラシコファブリアーノの粗目

わすれていたことも
憶えていたことも
思いなおすふるい画帳に

もうこの人を回想している
きょう出会った
身体を画きながら

メモをとる手が不意に止む
吾のなかの林に
うすく陽が射したので

本書収録の作品は、２００２年－２０１９年に制作された既発表また未発表の２８０首です。本書は著者の第３歌集になります。

著者略歴
小林久美子
こばやしくみこ

1962年（昭和37年）、広島県生まれ。歌集に、『ピラルク』（98年、砂子屋書房）、『恋愛譜』（2002年、北冬舎）がある。「未来」短歌会会員。

造本装丁 大原信泉

アンヌのいた部屋

著者
小林久美子

2019年9月20日　初版印刷
2019年9月30日　初版発行

発行人
柳下和久

発行所
北冬舎
〒101-0062 東京都千代田区神田駿河台 1-5-6-408
電話・FAX　03-3292-0350
振替口座　00130-7-74750
https://hokutousya.jimdo.com/

印刷・製本　株式会社シナノ書籍印刷

ISBN978-4-903792-70-5　C0092

SHY NOVELS

騎士の祈り

夜光花

イラスト 奈良千春

CONTENTS

騎士の祈り

1 モルガンの呪い

Morgan's Curse

モルガンは、自分の悲鳴で目覚めた。

息は乱れ、鼓動は激しく波打っている。額に触れると汗でびっしょりだ。恐ろしい悪夢のせいで、心身共に震え上がっていた。魔女モルガンと呼ばれ、恐れられているこの自分が――。

（ああ、嫌な夢だった……）

モルガンは寝台から起き上がり、重く感じる身体で歩を進めた。黒いドレスの裾が床を這っている。室内は暗く、鏡台の前の蠟燭《ろうそく》の明かりが唯一の光源だ。

モルガンはのろのろと右手を左右に揺らした。すると壁にかけられた蠟燭に次々と火が灯っていく。室内はぐっと明るくなり、ここが石造りの部屋だと分かる。蝶《ちょう》の細工が施された鏡台に座ると、鏡に自分の姿が映し出される。

左目を覆い隠すようにして垂れる長い黒髪、白い肌、煽情的《せんじょうてき》な赤い唇をした女性が、そこにはいた。黒いドレスの大きく開いた胸元には翡翠色《ひすいいろ》のネックレスが輝いている。

「美しく光り輝く宝石だこと……」

モルガンは先ほどまで自分を苦しめていた悪夢を忘れ、きらめくネックレスを弄《いじ》った。これはキャメロットの騎士ランスロットのネックレスだ。ランスロットを罠にはめた際、ガルダが奪った。ネックレスの謂《い》われは知らないが、ランスロットはこれを大事にして肌身離さずつけていたという。何か力を持った宝石なのだろう。その輝きはモルガンを魅了し、常に身につけるまでになった。ランスロットと同じ瞳の色の宝石だ。伴侶にしてやろうと連れてきたのに、ランスロットはそれを最後まで拒み、挙げ句逃げ出してしまった。

（まぁいい。次に会った時に、苦しめてやる愉《たの》しみができただけのこと）

翡翠色の宝石を見るとランスロットを思い出して腹立たしくなるが、モルガンはそう思って心を落ち着かせた。

鏡に映る顔色は冴えない。目尻や口元には少ししわが出てきた。

「そろそろ赤子の補充をしなければ……」

モルガンは鏡の中の自分を覗き込み、唇の端を吊り上げた。モルガンの魔力の源は生まれたばかりの赤子だ。赤子は大きな力を秘めていて、窯《かま》の中で煮立てて溶かすと、絶大な魔力をモルガンに与えてくれる。魔力が戻れば、モルガンの美貌も回復する。黒髪は艶めき、肌は張りを取り戻し、指先にまで力が漲《みなぎ》る。

けれど、その赤子の力をもってしても、左目を治すことはできなかった。

モルガンはおそるおそる左目を覆い隠している髪を掻き上げた。鏡の中には左目から赤い血を流している女性がいる。忌々しい思いでモルガンは左目の血を拭《ぬぐ》った。キャメロットの憎き王アーサーを殺した際、エクスカリバーで刺された怪《け》我《が》は未《いま》だに治らない。この左目のせいで魔力が少しずつ失われている。頻繁に魔力を補充しなければ、己の棲んでいる城を維持するのもままならない。

（そうだ……夢では、アーサーに私が敗れていた……）

悪夢を思い返すと、苛立ちが込み上げて爪を噛んだ。

夢の中ではアーサーが率いる軍勢に城に攻め入られ、自分が討たれた。死の間際に昔、殺したはずの夫であるネイマーが現れ、自分は魔力を失い醜い姿になって消滅した……。

（夢とは思えないほど生々しい感触だった……。もしやあれは別次元の私……？）

モルガンはぞくりとして思わず己の首に触れた。

（いいや、あれは夢だ。現実にはなりえぬ。アーサーは私が殺したのだから）

キャメロット王国を自分のものにするためには、ラフラン領を穢《けが》し、妖精が棲めない土地にすればいい。ケルト族とその周辺の村はモルガンの魔力を補充するために残しておくとして、王都はすでに壊滅状態で、この国でまともな土地はラフラン領しか残っていない。妖精が棲めなくなれば妖精王はラフラン領に関わる大義名分を失う。あの忌まわしき妖精王さえいなければ、キャメロット王国は簡単にモルガンの手に落ちる。

そのために操りやすそうなグィネヴィアに目をつけ、身体を乗っ取り、内部からラフラン領を崩壊させようと試みた。ところがそこで、思いがけない事実を知った。

アーサー王は復活する。

樹里の口からその言葉が出た瞬間、左目の傷が強烈な痛みを放った。殺したはずのアーサーが蘇るなど、あってはならない！　怒りで震え、呼吸困難になるほどだった。グィネヴィアを使って調べると、アーサーの遺体は石化しており、いずれ時がくれば復活する可能性があるという。まずはラフランを滅ぼすつもりだったが、それよりも先にアーサーの遺体を粉々に破壊しなければならなかった。復活の可能性が生じたのは、呪いの剣を使ったせいだ。剣技で劣るガルダが、ふつうの剣でアーサーを討つことなど到底できない。だから呪いの剣を使うしかなかった。

大昔の大神官がモルガンを拒絶する術を施したせいで、モルガンはキャメロットの王宮や神殿には入れない。三百年も昔の術が未だにモルガンを苦しめているのだ。

（早く手を打たねば……。あと少しでキャメロット王国が私のものになるというのに）

モルガンは頬を伝う血の涙を拭い、長い爪で鏡を引っ掻いた。神経に障《さわ》る音が室内に響く。鏡に血の筋が伝う。

（魂分《たまわ》けしたもう一人の自分を使うか……。悩ましいことだ）

モルガンには決めかねている案件があった。かつて、殺された際に生き返りを図るため、魂分けという禁術を使い、もう一人の自分を生み出した。仮に死んでも、もう一人の自分を使って生き返ることができるように。左目の傷が治らない以上、この身体に見切りをつけて新しい身体に乗り移る——ということも考えた。だが……。まだ十分に魔術を使えるし、最悪な状態には至ってない。もし、今、身体を乗り換えれば、次に危機に陥《おちい》っても補充はできない。今、乗り換えるべきなのか、それとも——。

モルガンは時機を計りかねていた。キャメロット王国は衰退し、残された民はラフラン領に集結している。ラフラン領さえ滅ぼせば、ほぼモルガンの王国同然だ。

(だが……アーサーの子がいる……)

脅威がまったくないとは言い切れない現状、魂分けした身体はまだ残しておくべきかもしれない。

とはいえ、遠い地にあるのは問題だ。モルガンの魂のストックは、別次元にいる。今すべきことは、海老原《えびはら》翠《みどり》を手元に置くことかもしれない。

(そのためには……)

モルガンは鏡の中の自分と見つめ合い、唇の端を吊り上げた。次元超えの魔術は大きな魔力を使う。それを使わずにすむいい方法を思いついたのだ。

高らかな笑い声が城中に響いた。モルガンはさっそく行動に移そうと、黒いドレスを翻《ひるがえ》した。

2 招かれざる客

Uninvited Visitor

腰を引き寄せられて、海老原樹里《えびはらじゅり》は厭《いと》うように重なる身体を押し返した。

「もう……駄目だって」

敷布を乱して、樹里は寝台から離れようとした。けれど密着するたくましい身体の持ち主は樹里を抱き寄せ、強引に唇を奪う。

「樹里様、もう少しだけ」

キスの合間に懇願するように言われ、樹里は汗ばんだ身体から力を抜いた。窓から日差しが入り、自分を抱きしめている青年の顔を照らす。整った顔立ちにラフラン湖のように美しい翡翠色《ひすいいろ》の瞳、ゆるくウエーブのかかった黒い長髪が樹里の肌にかかっている。キャメロット王国一の騎士、ランスロットだ。厚い胸板に筋肉質の身体、樹里の抵抗など右腕一本で封じ込めることができる強さの持ち主だ。

「入れんの……、やだって、ば……」

涙目で呟くと、ランスロットの唇が樹里の目元や耳朶《みみたぶ》を這い回る。互いに全裸で、隠すものなど何もない。昨夜はランスロットを寝室に招き入れ、何度も身体を繋いだ。ランスロットは衝動が抑えられないと言わんばかりに、樹里の身体中を舐《な》め、揉んで、情欲の限りを尽くした。体力という点においてランスロットに敵うはずがなく、最後のほうは疲れて眠ってしまった。睡眠を貪り、日の出と共に目覚めると、樹里を抱きしめるようにして寝ていたランスロットが気づき、再び身体を弄《まさぐ》ってきた……。

「樹里様、これで最後にします。どうか……」

ランスロットはそう言って樹里の尻の中に指を入れてくる。そこは昨晩たっぷりとランスロットに精を吐き出され、今も柔らかくほぐれている。ランスロットが指を動かすたびにどろどろとした液体があふれ出し、濡れた音を響かせる。

「や……っ、あ、あ」

ランスロットの長い指で内部の弱い場所を擦られると、勝手に腰がくねり始める。何度も貫かれ、もうしたくないと思っているのに、興奮している自分がいる。淫らな身体が恥ずかしくて、ランスロットの肩に顔を埋《うず》める。それを了承ととったのか、ランスロットがいきり立った性器を尻の穴に押し当ててきた。

「樹里様……、はぁ……、は……っ」

樹里の片方の脚を抱え上げ、ランスロットが性器をゆっくりと押し込んでくる。閉じかけた穴が再び大きなモノで広げられ、樹里は息を詰めた。

「あ……っ、あ……っ、は、ぁ……っ」

ランスロットの性器は樹里の身体の奥まで侵入してくる。ランスロットを受け入れると決意してから、何度目の行為だろう。ランスロットはこれが最後とばかりに、毎回激しく樹里を抱く。精を搾《しぼ》り取《と》られて、何も出なくなるまでやられるので、相手をするのが大変だ。

「ん……っ、う、……はぁ……っ、はぁ……っ」

ランスロットの性器が奥深くで止まると、樹里は溜めていた息を吐き出した。ランスロットは息を乱しながら繋がった状態で身を折って、樹里の唇を貪った。だらしなく開いた口から舌が潜り込んで、口内を蹂躙《じゅうりん》していく。歯列や内側の肉を舐《ねぶ》られ、敏感な舌を吸われる。

「樹里様……、愛しい方……、樹里様」

何度も樹里の名を呼び、愛の言葉を浴びせかける。ランスロットはふだんはクールなイメージだが、本当は情熱的な男なのだ。愛しげに樹里を見つめ、しつこいくらい口づけてくる。自分のどこがそんなにいいのかよく分からないが、ランスロットの熱い瞳に見つめられるのは嫌な気分ではない。

「ゆっくり……動きます」

ランスロットは樹里の耳朶をかじり、甘く囁《ささや》く。言葉通り、ランスロットの腰が優しく樹里を揺らし始める。樹里は甘い息を吐き出し、汗ばんだ身体をぶるりと震わせた。ランスロットの手が胸元を這い回り、尖《とが》った乳首を弾いていく。

「ふぅ……、はぁ……、ん……っ」

小刻みに律動され、樹里は甘ったるい声を上げた。乳首を摘まれ、腰がひくつく。ランスロットはゆったりと腰を動かしているが、大きなモノで内部を揺らされているだけで自然と感度は上

がっていく。カリの部分で内部を押し上げられ、泣き声に似た声がこぼれた。

「ん……っ、あ……っ、や……ぁ」

ランスロットの性器は太くて長く、それで身体の奥を突かれると、抵抗できなくなる。とろんとだらしない顔になるのが嫌で、必死に理性を保とうとするが、与えられる快楽が深くて、身体が陥落してしまう。

「あ、あ、あ……っ、そこ、駄目ぇ……」

ランスロットの性器が声を殺せなくなる場所を重点的に揺さぶってくる。樹里はたまらずに身体を反らし、嬌声《きょうせい》を上げた。

「樹里様の……お好きなところ、ですね……」

ランスロットは樹里の表情を窺《うかが》いながら徐々に腰を突き上げてくる。濡れた卑猥《ひわい》な音が、ランスロットが腰を揺らすたびに漏れる。戯れるように乳首を引っ張られると、樹里は甲高い声を上げた。ランスロットの性器に身体が馴染《なじ》み始《はじ》めている。銜《くわ》え込《こ》んだ性器を締めつけ、もっととねだるように腰が跳ねる。

「そのように締めつけられては……、我慢、できなくなります……」

ランスロットは何かを耐えるように顔を歪め、樹里の腰をぐっと引き寄せた。ずん、と奥までランスロットの性器が入ってきて、樹里は仰《の》け反《ぞ》った。

「あ、ああ……っ、ひ、ああ……っ」

ランスロットは樹里の脚を大きく広げると、それまでの緩やかな動きから一転して激しく内部を突き上げ始めた。肉を打つ音と内部を掻き乱す濡れた音が響き、樹里は浅い呼吸を繰り返した。

「駄目、ゆっくり、って……っ、サン、に」

樹里はかすれた声でランスロットの動きを止めようとした。隣の部屋には従者のサンがいる。とっくに起きて朝の支度をしているだろう。サンにあられもない声を聞かれたくなくて、樹里は涙を滲《にじ》ませながらランスロットから離れようとした。するとランスロットはよりいっそう深く繋がり、樹里の口を唇でふさいだ。

「んー……っ、う、ん」

被りつくように口を貪られながら、腰を激しく振られる。絶え間ない快楽に襲われ、樹里はランスロットの背中に爪を立てた。繋がった部分が溶けるようだ。ぐちゃぐちゃという濡れた音をさせ、身体中が熱を放つ。

「はぁ……っ、はぁ……っ、はぁ……っ」

ランスロットの息も樹里の息も獣のようだ。ランスロットを銜え込んだ内壁が収縮し、感度が高まっていく。突かれるたびに、気持ちよくて、つま先がぴんと張る。

「駄目、も……っ」

深く奥を突き上げられ、樹里はランスロットのキスを逃れ、大きく息を吸った。ランスロットの顔が樹里の首筋に埋まり、細い身体がきつく抱きしめられる。樹里を穿《うが》つ速度が速まり、内部の性器が大きく膨れ上がる。

「あ、あああ……っ‼」

奥をごりごりと擦られたとたん、耐えきれない大きな快楽の波がやってきて、樹里は嬌声をこぼした。脳天まで痺れるような深い快楽に囚われて、性器から精液がこぼれ出る。昨晩から何度も出したせいで量は少ないが、その分全身を襲う快楽は強かった。樹里はかすれた声を上げて仰け反り、銜え込んだランスロットを締めつけた。

「う、ぐ……、樹里様……っ」

ランスロットがくぐもった声で、樹里の中に精液を吐き出してくる。怒張した性器が内部で大きく脈打っている。熱くどろりとしたものを注ぎ込み、獣のような息を浴びせてくる。

「はぁ……っ、はぁ……っ、はぁ……っ」

樹里はぐったりとして身体を弛緩させた。重なってくるランスロットの身体の重みが心地いい。

（あー絶対サンに聞かれた……）

こめかみの汗を拭《ぬぐ》いながら樹里は、なおも口づけを求めてくるランスロットを見つめた。ランスロットの気持ちを受け入れると決めた時には、毎晩求められるとは思っていなかった。

「樹里様……申し訳ありません。途中で我慢が利《き》かなくなってしまいました」

息が落ち着くとランスロットはぐったりしている樹里を見て、申し訳なさそうに額をくっつけてくる。

「それよか……抜いて」

樹里はランスロットの唇を手で押さえて、呟いた。キスを許すと、行為に際限がなくなる。

「んん……っ」

ランスロットの性器が引き抜かれ、樹里は鼻にかかった声を上げた。性器が抜ける時に精液があふれて、太ももがびしょ濡れになる。

「今日は会議があるんだろ……。そろそろ起きないと」

名残惜《なごりお》しげに樹里を見つめるランスロットを軽く睨《にら》みつけ、樹里は寝台際に置かれている白い布をとろうとした。するとノックの音がして、扉越しに従者のサンの気配を感じる。

「樹里様、起きていらっしゃいますか⁉」

樹里は焦って白い布を落としてしまった。

「ま、待った、まだ開けな――」

「大変です！　神殿の入り口に、ガルダ様が――‼」

樹里の声を遮るようにサンの大声が届く。樹里はランスロットと顔を見合わせ、一気に身体を強張らせた。

「ガルダ様が現れたんです！」

樹里とランスロットは、甘ったるい空気を消し去って飛び起きた。


海老原樹里は数奇な運命を辿ってこの場にいる。

ふつうの高校生だった樹里は、神官ガルダの魔術によって異世界のキャメロット王国に召喚された。『アーサー王物語』に酷似しているこの世界で、キャメロット王国は魔女モルガンの呪いに苦しめられていた。魔女モルガンには三人の息子がいた。長男のマーリン、次男のガルダ、三男のジュリだ。モルガンはキャメロット王国を手に入れるため、マーリンとガルダを王宮と神殿に送り込んだ。だがマーリンはアーサーに心酔し、母であるモルガンを裏切った。

ジュリはこの国で神の子と呼ばれていた。そのジュリがマーリンの呪術で仮死状態となり、代わりにそっくりな風貌を持つ樹里が異世界から呼ばれたのだ。樹里は、実はモルガンの三男であるジュリと魂を分けた存在だった。だからマーリンは、最初の頃、樹里の命を執拗《しつよう》に狙った。

ジュリはモルガンの血を色濃く受け継いでいて、残忍で容赦ない性格をしていた。

ジュリが復活した時、樹里は偽者として国を追われた。その際、助けてくれたのがランスロットだ。ランスロットは自分の立場が危険になるにも拘《かかわ》らず、樹里を守り続けた。その後、ジュリの陰謀が明らかとなり、樹里はアーサーと王都に戻ることができた。

平和を取り戻し、樹里はアーサー王の子を身ごもった。この国には王の子と神の子が結ばれた時、子どもが生まれ、その子が魔女の呪いを解くという言い伝えがあった。最初は信じていなかったが、実際、男であるはずの自分に子どもが宿った。言い伝えは真実だったのだ。

アーサーと愛をはぐくんだ時間は、樹里にとって至福の時だった。

アーサーは樹里が子どもを宿したのを知ると、樹里を妃に迎えた。男である自分が妃なんて、以前の自分なら憤死ものだ。すべてアーサーを好きになったから受け入れられたことだ。キャメロット王国の一員として生きる決意をして、いずれ生まれてくる子がこの国の呪いを解いてくれると期待した。

けれど、魔女モルガンがそんな状況を見逃すはずがなく、水面下では恐ろしい企みが進行していた。かつての大神官が施した魔術のおかげで魔女モルガンは王宮と神殿には入れないのだが、二番目の息子であるガルダを使って、憑依《ひょうい》の術を操りアーサーを襲ったのだ。ガルダは呪いの剣でアーサーを刺した。アーサーはエクスカリバーで応戦したものの、力尽きて倒れた。

あの時のことを思い出すと、今でも胸が苦しくなる。アーサーの遺体の傍には、惑乱したランスロットがいた。ランスロットはアーサーを殺した犯罪者として、広場で処刑されるはずだった。そこへ魔女モルガンが現れ、ランスロットと樹里の神獣であるクロをさらい、王都に死の雨を降らし、魔物を放った。

魔物は人々を襲い、家畜を襲った。死の雨は井戸や川の水を汚し、作物を腐らせた。かろうじて生き残った人々は神殿と王宮に逃れたが、食料も少なく、キャメロット王国は壊滅寸前だった。

運よく、別の次元からやってきたマーリンが、王都の魔物を退治してくれた。生き残った人々は、妖精王の力によって唯一安全だったラフラン領に逃れ、生気を取り戻した。樹里はその後、モルガンの根城に向かい、ランスロットとクロを奪い返すことに成功した。

生き残った人々はラフラン領に集結し、これからという矢先、グィネヴィアに憑依したモルガンにアーサーが復活する可能性があることを知られてしまった。呪いの剣で殺されたアーサーの身体は棺《ひつぎ》の中で石化している。妖精王いわく、遠い未来、アーサーは生き返ることが可能なのだそうだ。もちろんそれには石化した身体が元の状態を保つというのが重要で、敵に棺を開けられ砕かれたら終わりという、糸のように細い可能性だった。

モルガンはジュリを使い、アーサーの遺体を破壊させようとした。ジュリは強力な魔術を使う、冷酷な性格の持ち主で、ケルト族の村を支配し、村人の苦しむ姿を見て愉《たの》しんでいた。

そのジュリが王都を襲いに来た際、樹里たちは必死に抵抗し闘った。異国の使者であるトリスタンという青年の協力もあって、樹里たちはジュリを仮死状態にすることに成功した。今、ジュリは結界を張った部屋の棺に入れられている。魂《たま》分《わ》けの術のせいでジュリを殺すと樹里が死ぬので、現状、棺に閉じ込め、仮死状態を維持するしかなかったのだ。

ジュリを退け、ひとまずの休息を得た樹里たちは、王都に留まった。ランスロットの処刑されるはずだった日にモルガンによって汚染された川の水は、二年半の間に飲料にしても問題ないまでに浄化されていたし、マーリンは井戸の水も浄化できると言ったからだ。

「お前、水の精霊を呼び出せるそうだな？」

騎士たちの怪我《けが》が回復した八月の頭、マーリンは集《つど》いの間にトリスタンを呼び出した。

季節は夏を迎え、草木が輝きを取り戻しつつある。キャメロットの夏は短く、できればこの期間に穀物を生産しておきたい。

「あー。内緒にしてって言ったのになぁ」

トリスタンはちらりと樹里を見て苦笑する。トリスタンは金色の髪と青い美しい瞳を持つ端整な顔立ちの青年で、エストラーダ国から使者としてキャメロット王国を調査しに来た。剣の腕は確かなうえ、魔術も使える不思議な存在で、樹里たちは幾度も助けられたものの、謎の多い人物だった。

そのトリスタンはラフラン城が火事に遭った時、水の精霊を呼び出して火を鎮《しず》めた。トリスタンにはマーリンに話すなと言われたが、黙っているわけがない。

「お前に義理立てする必要はない。それより、四精霊を呼び出せるというのは本当か。水の精霊だけか？　それとも……」

マーリンは長椅子に腰を下ろし、鋭い目つきをトリスタンに向ける。トリスタンはマーリンの向かいにどっかりと座ると、軽く肩をすくめた。

「それは教えない。マーリン殿だって、自分の魔術がどの程度かなんて教えないでしょ」

トリスタンは楽しげにマーリンを見つめ、笑顔で答える。暖炉《だんろ》の前に立っていた樹里はランスロットと顔を見合わせ、トリスタンを挟むように長椅子に座った。

「あれ、何か囲まれちゃってる感じ？」

両脇から見つめられ、トリスタンが首をかしげる。

「水の精霊は呼び出せるよな。俺、見たし」

樹里がトリスタンの顔を覗き込むと、軽く手を上げて微笑む。

「まぁ、水の精霊ウンディーネは呼び出せるね。それが何か？」

トリスタンがマーリンを見つめ返して言う。軽い吐息の後に、マーリンは重々しく切り出した。

「では王都の水の浄化を頼みたい。水の精霊なら、王都の井戸水を清められるはずだ。自然な浄化を待つには、時間がかかりすぎる。モルガンが王都を狙っている今、我々はここを拠点にしなければならないのだ。そのためには水の浄化が最重要課題だ」

マーリンはトリスタンをじっと見つめた。しばらくの間、二人は無言で見つめ合っていた。マーリンはトリスタンを信用するなと言ったが、嫌っているわけではないのが空気を通して伝わってきた。信用はできないが、マーリンはトリスタンに惹《ひ》かれているのだ。

「その見返りは？」

トリスタンは微笑みを浮かべて尋ねた。

(そうだよなー。そうくるよな)

樹里はうなだれて腕を組んだ。トリスタンは他国の人間で、キャメロットを助ける義理はない。とはいえ今のキャメロットに報酬を用意する余裕はない。宝物庫のお宝でいいのなら、譲渡は可能だが。

「何を望む？」

マーリンはまるで潤沢な資金でも持っているかのように、逆にトリスタンに問うた。

「……アーサー王は特別な剣を持っていたとか？」

トリスタンは少し考えた後に、切り出した。

「我が王への土産にその宝剣をいただけるなら、全力でがんばりますけど」

樹里たちは顔を見合わせた。アーサーの特別な剣とは、ひょっとしてエクスカリバーのことだろうか？　宝剣として民にも知られているが、あの剣は――。

「それは無理だ。あの剣はアーサー王にしか使えない剣。異国の者が持っても、鞘《さや》から抜くことさえできない。他の物にしてくれ」

マーリンは表情一つ変えずに言った。

エクスカリバーはアーサーの棺に納められている。棺を開けたくないマーリンからすれば、怒り心頭の願い事だ。おまけにアーサーを象徴する剣なのだから、誰にも渡したくないに決まっている。マーリンが怒りださないか樹里はハラハラしたが、一見したところマーリンは平静さを保っている。

「えー。そういう特別っぽい感じがいいんだけどなー。じゃ、妖精の剣、ください。俺にも抜けたし」

トリスタンはくるりとランスロットに向き直り、にこにこして身を乗り出した。ランスロットは戸惑い気味に身を引く。

「申し訳ありませんが、妖精の剣はあくまで妖精王から預かっているもの。譲渡はできません。妖精王の許可が出れば、別ですが……」

ランスロットは生真面目にトリスタンに頭を下げている。妖精王がいいと言ったら、あげるつもりか。ランスロット、しっかりしろと樹里は小声で突っ込んだ。

「それもダメなの？　んじゃあ、この未亡人、欲しいかな」

トリスタンは樹里の肩に長い腕をかけてきた。ランスロットのこめかみがぴくりと引《ひ》き攣《つ》ったのを見て、樹里は思わずトリスタンの頭にチョップを食らわしてしまった。

「こら！　お前、からかってんだろ！」

樹里が大声で叱咤《しった》すると、トリスタンが頭を抱えて笑いだした。

「いやぁ、つい。皆が真剣に見つめてくるから」

トリスタンは金色の髪を掻き上げ、笑いながら立ち上がる。

「水の浄化、お引き受けしましょう」

トリスタンは真顔になって言った。青いガラス玉のように綺麗な瞳が、樹里たちを見下ろす。

「報酬は自分の国に戻る時までに願い出ますよ。そちらが納得するようなものを、ね」

片目をつぶって陽気に告げると、トリスタンは早速とりかかろうとのたまいながら部屋を出ていった。樹里たちは一瞬視線を交差させ、急いでトリスタンの後を追った。

トリスタンは勝手知ったるとばかりに王宮を出ると、道に落ちていた棒きれを拾い、近くの川に向かった。城から直線距離で百メートルくらいの場所に流れている小川だ。トリスタンは棒きれで地面に魔方陣らしきものをガリガリと描き始めた。マーリンは無言でそれをじっくり凝視している。

「少し下がって。ああ、その辺で」

トリスタンは棒きれを放り投げると、樹里たちを遠ざけた。姿は見えるが、大声を出さないと聞こえないくらいの距離だ。

トリスタンは川に向かって手を伸ばし、何か呪文を唱え始めた。横にいたマーリンが眉を顰《ひそ》め、

「馬鹿な」と小さく呟く。

「わ……」

トリスタンを見つめていた樹里は驚きの声を上げた。トリスタンの衣服が風をはらみ、マントがたなびく。今日は無風で、近くの木々の葉は少しも揺れていないのに、トリスタンの周りにだけ風が起きている。

「おお……」

ランスロットが感嘆の息を漏らした。

トリスタンの声に応じて川からきらきらした光の粒子みたいなものが湧き上がってきたのだ。それは渦まくようにトリスタンを囲んだと思うと、トリスタンの手の動きに従って四方に散った。光の粒の一部が樹里たちのほうにやってきたので、目を凝《こ》らして見た。それは妖精に似ていた。透き通った羽を持つ光の存在だ。それらは目的の場所に向かっていっせいに羽ばたいていった。

「あそこを」

ランスロットが王墓の辺りを指差す。王墓の傍には井戸があるのだが、光の粒がそこに群がっているのが見えた。気になって樹里はランスロットと共に駆けだした。走っている途中で、光の粒が井戸の中に入り込み、井戸のつるべまで水飛沫《みずしぶき》が撥《は》ね上《あ》がる。井戸に辿り着いて中を覗き込むと、光の粒が井戸から噴出されるように飛び出してきた。

「わぁ！」

光の粒は別の井戸を目指し、遠ざかっていく。どろりとして濁っていた井戸の水は、今やきらきらと光り輝いている。汲《く》み上《あ》げて飲んでみると、清涼な水そのものだった。

「すっげー。何これ」

樹里はランスロットにも水を飲ませた。ランスロットも目を丸くする。

「いとも容易《たやす》く水を浄化するとは……。トリスタン殿は王都中の井戸をこのように清水に変えてくれるのでしょうか」

ランスロットは喜び半分、戸惑い半分といった様子だ。樹里も呆然とするしかなかった。樹里はマーリンをすごい魔術師だと思っているが、そのマーリンにだってこんな大技はできないはずだ。できるならとっくにやっていただろう。

トリスタンは、どうしてこんなにすごい魔術を使えるのだろう？

「すごいな！　井戸の水があっという間に綺麗になったぞ！」

トリスタンとマーリンのいる川辺に戻ると、樹里は目を輝かせて報告した。トリスタンはあくびを一つして、目を擦った。

「王都の井戸はこれで浄化されたはず。俺はちょっと疲れたんで、寝てきます」

トリスタンはあくびを連発しながら、軽く手を振って背中を向けた。トリスタンの姿が小さくなるのを確認して、樹里はマーリンの顔を覗き込んだ。マーリンは渋い表情でトリスタンの消えた方角を見ている。

「マーリン殿、あの方は何者なのでしょう？」

ランスロットは首をかしげて呟いた。

「分からぬ。ふつうの魔術師ではあり得ぬ。私が知っている四精霊を使う術とはだいぶ異なっていた。本来ならもっと時間をかけて魔方陣を作り、四精霊に渡す供物も必要とする。それをああも簡単に、しかも無償でやらせるとは……。ひょっとしてあやつ、人ではないかも」

マーリンは目を細め、唸《うな》るように言う。人ではないとは、どういうことだろう。エストラーダという国には何か大きな秘密があるのか。

「しかし、どこまでも食えぬ奴だ。どうしてこのような術が使えるのか尋ねたら、ウンディーネは自分に恩があるとかぬかしやがった」

マーリンは気に食わないと言いたげに腕を組んだ。トリスタンの冗談だろうが、四精霊に恩を売るような冒険譚《ぼうけんたん》があるのなら、ぜひ聞かせてほしいものだ。

「とりあえず、水問題は解決した。ラフラン領から宰相《さいしょう》たちを呼び寄せよう」

気を取り直したように言うマーリンに、樹里たちも頷いた。


技師たちの同意を得て、王都の水問題はひとまず解決した。ラフラン領にいる大神官や宰相、騎士団、有力貴族や民も帰還する運びになった。ラフランに残る者も少なくなかったが、農民たちは残した畑が気になると言って帰還に賛同した。もちろんサンも王都に戻ってきた。しばらく離れていたので、サンの元気な顔を見て樹里が喜んだのは言うまでもない。

王都に戻った農民たちは、ラフラン領から運んできた苗を手に、さっそく農作業にとりかかった。地質に関しても調査したところ大丈夫と技師たちは保証した。

「王都の復興に努めるということで、皆様方、よろしいかな」

大神官や宰相、有力貴族や騎士団の主だった面子《メンツ》を円卓の間に集めて会議を開き、宰相のダンがそうまとめた。水と土地の問題が解決した今、誰もが王都復活を望んでいる。数年はラフラン領からの援助が必要だろうが、いずれ以前のような活気を取り戻すだろう。

ダンに意見を求められて、マーリンは椅子から立ち上がった。

「モルガンの動向ですが……」

アーサーがいた頃は政教分離を是《ぜ》としていたので樹里は会議には出席していなかったが、アーサーが亡くなってからは出席するようになっていた。無論、大神官も参加している。

「アーサー王が復活すると知ったのです。何としても遺体を破壊しようとするでしょう。おそらく追放されたガルダを使って、実行しようとするはず。兵だけでなく、国中にガルダの人相書きを掲げ、見つけたらすぐに報告するよう手配せねばなりません」

マーリンはしかめっ面で言った。

モルガンは王宮や神殿には入れない。だから神殿の奥に安置されているアーサーの遺体を破壊するには、別の者を差し向けなければならない。しかもアーサーの遺体を安置している部屋には強力な封印の魔術がかけられている。

二カ月ほど前、グィネヴィアがモルガンに憑依され、遺体安置所を襲撃した時、魔術を使えない身体はモルガンといえど扱いづらかったらしく、失敗に終わった。今度はモルガンの二番目の息子で、自分の弟でもあるガルダを使うに違いないとマーリンは踏んでいる。

「ガルダは変化《へんげ》している可能性もあります。不審な人物を見かけた場合も、情報を寄せてほしい」

マーリンはそう言って絵師に描かせたガルダの人相書きを見せた。ガルダ本人と、焼けただれたクミルの二枚だ。樹里の持っているスマホならこれ以上ないほど正確にガルダの姿を伝えられるのだが、いかんせん印刷する機械もないし、皆に見せて回るだけのバッテリーもない。こちらに来た頃写真は撮っておいたので、ガルダの顔はばっちり写っているのだが。

「少し男前すぎやしないか」

ガルダの人相書きをじっくり眺めた大神官は、不満そうに二重顎《にじゅうあご》を撫でた。大神官はラフラン領での暮らしのおかげで、すっかり元のふくよかな体形に戻っている。このままラフランに残りたいと愚痴をこぼしたくらいだ。

「これを王都中の掲示板に貼りましょう。神兵たちはよく見知っている者ばかりですので、必要ありませんな?」

ダンは人相書きを手に取り、確認するように大神官に尋ねた。大神官は鷹揚《おうよう》に頷く。

「次の脅威はガルダでしょう。奴は魔術の力は弱いが、その分、策を講じてくるに違いない。奴がアーサー王の遺体を狙う前に、捕らえねばなりません」

マーリンの言うことはもっともだ。ジュリは自分の魔力に自信を持っている分、策を講じることもなく正面から挑んできた。その点において、ジュリの場合は戦術を立てやすかった。だがガルダは、知恵を働かせる。以前、ランスロットがその罠にはまり恐ろしい目に遭ったことを樹里たちは身に沁《し》みて知っている。

「それにしてもアーサー王復活の話は瞬《また》く間《ま》に広まりましたな」

第二部隊隊長のバーナードがしみじみと言った。

「御子がおられぬ今、民はわずかな希望にもすがりたいのでしょう」

ガラハッドも目を細めて呟く。

アーサーが復活する可能性があることは、前は限られた人物にしか知らされていなかった。けれどもっとも知られたくないモルガンに知られた時点で、いっそ広めたほうが騎士や衛兵の士気も上がり、命がけでアーサーを守ってくれるだろうと考え、周知した。といっても大々的に知らせたわけではなく、吟遊詩人の詩にアーサー王がいずれ復活してキャメロットを救うという一節を加えただけだ。だが、たったそれだけで、生き残った民は希望を持った。

「アーサー王の忘れ形見に関してですが、樹里様の望むようにすべきかと我ら臣下一同、意見を揃えてございます」

ダンが微笑んで言った。

前回の会議で、樹里はアーサーの子どもをこの手で育てたいと皆に告げた。反対意見もあるだろうが、考えてほしいと。

「ありがとう……!! 俺のわがままを聞き入れてくれて」

円卓の間にいる皆の目が優しく自分を見つめているのに気づき、樹里は立ち上がって頭を下げた。樹里とアーサーの子どもは、今、妖精王の元にいる。今、この世に産み出すか、それともアーサー復活と時を同じくして産み出すか選べと妖精王に言われていた。

「今、子どもを育てるには過酷な状況だけど、必ず立派に育ててみせる。次に妖精王に会った時にそう伝えるよ。まぁ、もう少し情勢が落ち着いた頃だとなおいいんだろうけど」

モルガンの脅威が迫る中、子どもをこの手に抱くのは危険な行為かもしれない。妖精王の庇護下に在れば安全なのに、わざわざ火中の栗を拾うようなものだ。それでも樹里は子どもと共にこの試練を乗り越えたかった。

「アーサー王の御子をお迎えしたら、我ら一同、命に代えましてもお守りします」

樹里の隣に座っていたランスロットが、すっと立ち上がると手を胸に当てて言った。すると次々に皆が席を立ち、同じように胸に手を当てる。

アーサーの子どもはキャメロット王国の新たな象徴となる。若き国王として君臨し、人々の支えとならねばならない。もちろん成長するまでは樹里や有力メンバーが補佐するが、いつか立派な王様になってくれるに違いない。いや、ならなくてはならない。

「御子のお名前はいかがいたしましょう？」

ダンは頬を弛めて聞いた。それについては樹里も考えていた。

「実はアーサーがすでに決めていたんだ。ルーサーという名を。それで構わないかな？」

在りし日の会話を思い返し、樹里は微笑んだ。閨《ねや》で子どもの話をしていた時、アーサーはルーサーにしようか、ガウェインにしようかと悩んでいた。結局ルーサーのほうが収まりがいいと言って、決めたのだ。

「よいですな。ルーサー・ペンドラゴン」

有力貴族のマックリーが口ひげを指で弄《いじ》りながら笑った。

「そうと決まれば、妖精王にこの旨伝えねばなりませんな。まだ乳飲み子でしょうから、お産をしたばかりの女性も探さねばなりません」

ダンはてきぱきと指示する。アーサーの子どもはどんな子どもだろう。あまり自分に似てほしくない。きっと可愛い子だろうと思うが。

「御子を迎える支度が整いましたら、ラフラン領へ参り、妖精王にお目通り願いましょう。そのための準備を急がなければ」

ダンの慈しむような眼差しに、樹里は深く頷いた。ダンには王妃をやめたいとか、自由になりたいと言って困らせた。樹里の意識の変化を、ダンは喜んでいるようだ。

会議は和やかに終了した。しばらくは王都とラフラン領の二大拠点を中心にやっていくことになる。

ラフランから帰還した農民の中に来月出産予定の妊婦が二人いて、乳が必要なら一緒に飲ませると請け合ってくれたので、子どもは九月に迎え入れることになった。樹里は子どもを迎え入れる準備に励んだ。子ども用の衣服や道具は歴代の王子のものを使い回すようだ。アーサーが小さい頃着ていた衣服は、金の刺繍《ししゅう》がふんだんにあしらわれたものばかりだ。

太陽の日差しが降り注ぐ中、樹里は神殿の庭でハーブを育てたり、神殿での務めをこなしたりと忙しかった。倉庫の備蓄はほぼ空っぽなので、農民たちは短期間で収穫できる野菜を中心に作っている。ラフラン領から輸送された小麦もあるし、軌道に乗れば上手くいくだろうと楽観していた。

ランスロットとは人目を忍びながら関係を続けている。

「今さらでは……。誰もが知っていると思いますが……」

樹里の寝室に来るたび、ランスロットは複雑な表情で呟く。ランスロットはこれまでの人生で隠すという行為を知らずに生きてきたので、樹里との関係も堂々としている。けれど樹里はそうはいかない。王妃の立場でキャメロット一の騎士と関係を持つのだ。体面というものがある。

人前ではこれまで通り、王妃と騎士として振る舞うこと。これがランスロットを受け入れる際に課した条件だ。

「っていうか、毎晩するの、勘弁してほしいんだけど」

樹里が今一番困り果てているのはランスロットの愛が濃すぎることだ。よっぽど体力が有り余っているのか、それとも精力が強いのか、ランスロットは夜毎に樹里の寝室を訪れて、朝まで樹里を求める。

毎晩愛されて腰は重いし、ぐったり疲れるからやめてほしいと何度も言ったのだが、一緒の寝台で寝ていると最終的には抱かれる羽目になっている。樹里といると興奮が抑えられなくなると囁き、ランスロットは抱きしめてくる。ここでまた拒んでランスロットの感情がこじれても困るので渋々つきあっているが、ひと月の間やりまくったのだからそろそろ落ち着いてほしいというのが樹里の正直なところだ。

「サン殿には迷惑をおかけしておりますね……」

ランスロットは朝がくるたび、そう反省している。汚れた敷布を毎日洗濯してとりかえているのはサンだ。コンドームがあれば少しは楽なんだけどなぁと思う。こちらの世界に来る際に、それをリュックに入れることはさすがに考えつかなかった。

「いやいや、俺にも迷惑かかってますけど」

さんざん身体を弄られて、疲労困憊《ひろうこんぱい》しながら嫌味を言うと、ランスロットは毎回決まって微笑みながら熱いキスをしてくる。こうなるまで知らなかったが、ランスロットは溺愛体質だ。樹里がどんなに仏頂面《ぶっちょうづら》で文句を言っても嬉しそうなのが、その証拠だと思う。

八月も終わりに近づき、三日後にはランスロットと共にラフラン領に向かうことが決まっていた。そんな矢先のことだった。


ガルダを捕まえた、という一報に、ランスロットと樹里は飛び起きて身支度を整えた。

神殿のざわめきが遠くまで伝わってくる。神兵の数が多い。休んでいた神兵も集まってきたのだろう。樹里とランスロットが神殿の入り口に行くと、すでにマーリンやダンが人垣の中心にいた。

縄で縛られてうなだれている男が輪の中心にいた。薄汚れた灰色のマントを着た痩せた男を見て、樹里は息を呑んだ。

「樹里様、朝早くにお呼びだてして申し訳ありません」

ダンは樹里に気がつき、顔を曇らせた。マーリンはすごい形相で、その男を見据えている。

「ガルダ……‼」

樹里は咽《のど》の奥で唸った。その声につられたように縄で縛られた男が顔を上げる。

「樹里……様」

ガルダはひびわれた声で樹里の名を口にした。そこにいたのはクミルではなかった。白い面長の彫りの深い顔立ち、緑色の瞳、最後に会った時よりずいぶん痩せていたが、間違いなくガルダだった。樹里をこの世界に呼び寄せた男だ。神官長をしていて、神兵たちには馴染みの存在だった。偽の神の子を後見した罪で神官長の座を解かれ、その後ランスロットを罠にはめた罪で追われ……。

――ガルダの左目は潰れ、血が流れている。そして右手は石化していた。

それを見た瞬間、樹里は頭に血が上って、神兵を押しのけガルダに飛びかかると、その顔を殴りつけた。

「樹里様！」

誰かが叫んだが、怒りで我を忘れた樹里は、ガルダに拳《こぶし》を振り上げていた。左目の傷と石化した手は、呪いの剣を使った証拠だ。ガルダがアーサーを殺した――それが明確な現実となり、たとえようもなく腹立たしく、怒りを抑えきれなかった。

「樹里様、どうか落ち着いて――」

樹里の身体を羽交い絞めにしたのはランスロットだった。興奮して息を荒くする樹里を、強い力で押さえつけてくる。

「放せ！　こいつがアーサーを殺した！　こいつが――」

樹里は大声で怒鳴ってランスロットを振りほどこうとした。ガルダは無抵抗で、その場から逃げるそぶりも見せない。涙が滲み、怒りで身体が震える。周囲にいた神兵もマーリンも、樹里を止めようとはしない。それなのにランスロットが樹里を押さえ込んでいる。

「お前は悔しくないのか⁉　お前がひどい目に遭ったのも、ガルダのせいなんだぞ！　こいつがお前をはめなければ――」

樹里はランスロットの腕を振り払おうとめちゃくちゃに暴れた。ランスロットは赤くなった樹里の拳を摑み、背中から包み込んでくる。

「あれは私の未熟さが招いたこと……。どうか、お心を静めて下さい」

ランスロットに強く抱きしめられ、樹里は拳を震わせた。ランスロットの体温に包まれると、徐々に冷静さが戻ってくる。ガルダは無言で頭を垂れて、一言も言い訳しない。その姿を見ているうちに深い悲しみに襲われた。

「深呼吸なさって下さい」

耳元でランスロットに囁かれ、樹里はぶるぶると震えながら息を吐いた。ガルダを殴っても仕方ない。本当に悪いのはモルガンだと樹里も分かっている。それでも左目と右手を失ったガルダ

を前にすると、怒りで自分を見失ってしまった。

自分は心のどこかでガルダを信じていたのかもしれない。モルガンには逆らえないと言っていたが、最後の最後では人として正しい道を選んでくれると思っていたのだ。樹里の知っているガルダは頼りないところはあるが善人で、王殺しに加担するような人物とは到底思えなかった。

「……ごめん。もう、大丈夫、だから」

樹里は呟くと、身体から力を抜いた。ランスロットは樹里を窺いながら離れる。マーリンはどうしているのだろうと樹里は顔を上げた。マーリンは恐ろしく冷たい眼差しでガルダを見下ろしていた。

「まずは、王宮の牢《ろう》に隔離いたしましょう。マーリン殿、彼が魔術を使えないよう、牢を封印してもらえますかな？」

ダンは不穏な空気を鎮めるように言った。

「いや、王宮の地下牢はまずい」

マーリンはダンに目配せした。王宮の地下牢にはモルドレッド王子が捕らえられているのだ。幽閉されていた西の塔をモルガンに破壊されて以来、モルドレッドは王宮の地下牢に監禁されている。

「では神殿の地下牢に」

ダンもモルドレッドのことを思い出したようで、何食わない顔で言い換える。内心、ガルダとモルドレッドが手を組んだら厄介だと思っているに違いない。

「それがよいかと」

マーリンは油断ならないという目つきで、こくりと頷いた。神兵の話ではガルダは身一つで神殿の入り口にやってきたそうだ。ガルダに気づいた神兵がすぐさま号令を発し、縄で縛り上げた。その間、まったくの無抵抗だったという。

「樹里様、場所を移しましょう」

ガルダに言いたいことはたくさんあったが、ダンに宥《なだ》められて樹里はぎこちなく頷いた。

キャメロットが崩壊しかけた今の危機的状況を招いたガルダの責任は大きい。捕らえられたら、極刑しかありえない。それなのに何故現れたのか。

今は自分の怒りを解消する場合ではない。

ガルダがわざわざ捕まった理由は何なのか。

樹里は腹立たしさを抑え、神兵たちに連れていかれるガルダを追った。


ガルダは神殿の地下牢に隔離された。日も差さない暗くて狭い、汚い場所だ。マーリンは地下牢で魔術を使えないよう地下牢全体を封印した。ガルダの魔力はたいしたことはないが、恐ろしいのはモルガンが憑依した時だ。

わざわざガルダが樹里たちの前に姿を現したのは、モルガンの罠——それがマーリンの判断だった。

「モルガンの企みを明らかにするために、私が尋問を行います。地下牢を封印したとはいえ、ガルダは魔術を扱う身、奴の術中にはまらないためにもそのほうがよいかと存じます」

マーリンはことさら低い声で、そう宣言した。会議の間には突然現れたガルダの処分を決めるために有力者たちが集まっている。中にはすぐさま極刑に処すべきという意見もあったが、それはマーリンが押し留めた。

マーリンの態度から、尋問ではなく拷問《ごうもん》するのではないかと樹里は考えた。樹里と同じか、もしくはそれ以上に怒り狂っているはずのマーリンが、ガルダを痛めつけないはずがない。

「俺も同席するよ」

ガルダに対する怒りはあるが、マーリンが再び暗黒に落ちるのは避けねばならない。本人に言ったら怒るだろうが、マーリンは時々魔女モルガンの息子らしい一面を見せるので気が気ではないのだ。樹里が申し出ると、ランスロットも「では私も」と挙手した。

地下牢は狭いので大勢は入れない。樹里たちは三人でガルダの話を聞きに行くことにした。

マーリンとランスロットと連れ立って地下牢に向かうと、見張りの兵を下がらせ、ガルダと対《たい》峙《じ》する。

牢の中で、ガルダは神妙にしている。改めて見ると、ずいぶんやつれている。頬はこけ、瞳には生気がない。衣服もくたびれているし、暗い場所にいるせいか、いっそう憐《あわ》れに見えてきた。

「単刀直入に聞く。何故、戻ってきた?」

マーリンは牢の格子越《こうしご》しに問うた。松明《たいまつ》の明かりがマーリンの怜悧《れいり》な面《おもて》を照らし出している。ガルダは縄で後ろ手に手首を縛られていて、膝をついた体勢でマーリンを見上げた。

「モルガンから……逃れるためです」

ガルダは沈痛な面持ちで吐露した。

マーリンも樹里もランスロットも無言でガルダの次の言葉を待った。

「アーサー王を弑《しい》した私が、もはや言い逃れはできないことは分かっております。モルガンが憑依している間、私は恐ろしさにうち震えておりました。アーサー王は私が近づいているのにも気づかず、内臓深くに呪いの剣を受けた……。本来ならそれはランスロット卿の役目でした。そのためにランスロット卿にこっそりと秘薬を与え続けていたのです。秘薬はアーサー王が死なない限り苦しみから解放されないという恐ろしいものでした。けれどあの時……アーサー王の正気に戻れという声に、ランスロット卿は理性を取り戻してしまった。のたうち回るランスロット卿がアーサー王を殺すことは不可能でした。だからモルガンは私を使ってアーサー王を弑したのです」

樹里は慄然《りつぜん》とした。そんなことがあの水場で起きていたのか。当時の状況が嫌でも想像できて、頬を涙が伝った。ランスロットも顔を強張らせている。

「私は呪いの剣についてよく知りませんでした。モルガンの城に戻って……しばらくすると私の右腕が石と化しました。恐れおののく私の目の前で、モルガンは魔術によって石化を止めました。ですが、私の右腕は肩から先が、どうやっても動きません」

ガルダは自嘲気味に嗤《わら》った。

「それにこの左目……、アーサー王にエクスカリバーで突かれた時から、絶えず血が流れております。これぱかりはモルガンの魔術でもどうにもなりませんでした。あの剣の威力はすさまじく、モルガンですら左目を失ったのです」

ガルダの言葉に応じるように、左目から垂れた血が、ぽたりと床に落ちた。

「もうアーサー王はいないのだし、このまま大人しくしているべきだと私はモルガンに言いました。けれどモルガンはキャメロットから人を消し去り、我が物にしなければ気がすまないと……。そのためにはラフラン領の殲滅《せんめつ》、アーサー王の遺体の破壊が必要だと言うのです」

ガルダの話が核心に触れてきて、樹里の隣に立っていたランスロットの身体から怒気に似たものが発される。ラフランの領主であるランスロットは自分の領地が襲われることを何よりも懼《おそ》れている。

「私はそのために王都に向かわされたのです。――ですが」

ガルダはよろけるように立ち上がり、樹里たちに切実な眼差しを向けてきた。

「私はもう嫌なのです。誰かを殺すことも、悪に加担することも……。信じてくれとは申しません。ですが、私はモルガンを裏切る覚悟を決めました。母の愛が欲しくてモルガンの望むことは何でもしてきましたが、母は私を見てはくれなかった。私もただの使い捨ての駒、私が死んでも眉一つ動かさないでしょう。だから……私はこの身を差し出そうと決めたのです。アーサー王を憎んでなどおりませんでした。ランスロット卿を嫌ってなどおりませんでした。すべてはモルガンへの恐怖心からやったこと。どうぞ、私を処刑して下さい」

ガルダはそう言うなり、膝から崩れ落ちて頭を床石に擦りつけた。樹里は言葉もなく、マーリンとランスロットを見ることしかできなかった。ガルダは嘘をついているようには見えなかった。心の底から懺悔《ざんげ》しているように聞こえたし、憐れみさえ感じた。

「お前の言葉は信じぬ」

張りつめた重い空気をマーリンは静かに切り裂いた。マーリンは樹里と違い、ガルダの話に動じていない。

「お前の言葉には真があるように聞こえるが、私はそれを信じない。何か企みがあってのことだろう。だが処刑を望む態度は気に入った。心配せずとも、生きているのが嫌になるほどの苦しみを与えてから、あの世へ送ってやろう」

兄弟とは思えないほど冷酷な言葉がマーリンの口から飛び出す。マーリンはどこまでも本気だ。薄い唇が歪んで吊り上がり、蛇のように残忍な光が目に宿る。

「だがその前に明かせ。モルガンは何を企んでいる？　処刑を望むくらいだ。拷問せずとも答えてくれるのだろうな？」

マーリンにじっとりと見据えられ、ガルダはきゅっと唇を噛んで顔を上げた。

「私が知っているのは、モルガンが樹里様の母上……、魂分けした人間を使って何かするということだけです」

樹里はびっくりして格子に手をかけた。

「俺の母さん⁉　母さんに何をする気だ⁉」

突然母の存在に触れられて、冷静ではいられなかった。樹里が声をひっくり返して詰問すると、ガルダはゆるく首を振った。

「そこまでは……。おそらく、樹里様の母上を殺して完全体に戻ろうとしているのではないかと。何しろエクスカリバーで左目を失って以来、モルガンの魔力は弱まっているのです。少しでも無駄な魔力を使わないために、次の赤食《せきしょく》の日に次元を超える魔術を行うと……」

樹里はいてもたってもいられなくなった。今すぐ母の元に行きたい。

「なるほど……それはありうる話だ」

マーリンは深く考え込んでいる。樹里はマーリンの腕を摑みたい欲求を堪《こら》えた。マーリンに次元超えの魔術を使って元の世界に戻してほしいと、ガルダの前で口にするのは危険だった。ガルダはまだモルガンと通じている可能性がある。

「マーリン」

樹里は苛立ちを必死に押し殺して、牢を出ようと顎をしゃくった。マーリンは樹里をちらりと見やり、腕組みをする。

「お前たちは先に行け。私はもう少しこいつと話す」

マーリンの冷静な態度に反発心と安堵という相反する感情を抱きながら、樹里は地下牢を後にした。

会議の間にマーリンが戻ってきたのは、一時間ほど経ってからだった。ガルダと何を話したか知らないが、マーリンの顔は曇っていた。

「マーリン！　今すぐ、母さんのところに行こう！」

樹里はマーリンが扉を開けたとたん駆け寄って、そう叫んだ。母のことを考えると、焦燥感が募ってじっとしていられなかった。母の命が狙われていると聞かされて、神経がぴりぴりしている。八歳の時に父親を亡くしてから、母は女手一つで自分を育ててくれた。心から愛しているし、母のためならどんなことでもする覚悟がある。

「落ち着け。赤食の日までまだ二カ月はある」

マーリンは動揺している樹里をうざったそうに押しのけ、椅子に腰を下ろした。樹里と一緒に待っていたランスロットは、宥めるように樹里の背中を撫でる。

「私は魔術に関してくわしくありませんが、樹里様の母上が亡くなると、モルガンは以前のような強大な力を手にするのですね？　だとすれば、やはり先に樹里様の母上を保護したほうがよいのではありませんか」

ランスロットが樹里を後押しする。

「そうだよ！　一刻も早く、こっちに連れてこよう！」

樹里はゆったりと座っているマーリンに焦《じ》れて大声を上げた。赤食の日に次元超えをするというのは、あくまでガルダの情報だ。モルガンがいつ気を変えて、母の元へ向かうか分からない。

「これは罠の可能性がある」

マーリンは足を組み、円卓に頬杖をついた。

「罠ってどんな！　つうか、罠だとしても母さんを確保しないと駄目だろっ。ああもう、俺、ちょっとラフラン湖に潜ってくる」

思いつめた樹里が扉に向かって走りだすと、慌ててランスロットが羽交い絞めしてくる。

「樹里様、落ち着いて下さい」

「これが落ち着いていられるかっての！」

ガルダが現れてから、感情の起伏が激しい。マーリンの術がなくてもラフラン湖に潜りさえすれば、樹里は元いた世界に戻れる。とはいえ、再びここに戻ってくるにはマーリンの力が必要だが。

「……確かに、罠だとしても先にお前の母親を保護しなければならないな」

マーリンは渋々それを認めた。次元超えの魔術は魔力を消費するので、マーリンは不安なのだろう。

「そうだろう！」

マーリンの同意を得られて、樹里はわずかに安心した。母をモルガンに奪われたら何もかもおしまいだ。母の命を盾にとられたら樹里は逆らえないし、母が殺されてモルガンが以前のような強大な力を持つ魔女に戻ったらいっそう闘いが困難になる。

「次元超えをしてお前の母親を連れてくるのはいいとして、ガルダについてはどう思う？　奴はどうして現れたのだ？」

マーリンは樹里とランスロットに問いかける。

「……罪の意識に苛まれたんじゃないか？」

樹里は他に思いつかなくて、首をかしげた。マーリンは信じていないが、樹里にはガルダが罪悪感を覚えて出頭してきた犯人にしか見えなかった。

「マーリン殿はモルガンの罠だと考えておられるのですね。仮にそうだとしても、捕らえられたらガルダ殿は処刑される以外ありえません。それを承知で来られたということになります」

ランスロットは淡々と事実を口にする。確かにそうだ。モルガンを裏切るにしても、どこか遠くに逃げればいいだけだ。それなのに、何故わざわざ城へやってきたのか。どこに逃げてもモルガンには見つかるという諦《あきら》めから、樹里たちの前に姿を現したのだろうか。

「アーサー王を殺した犯人がガルダだと知った時、私は驚いた。あいつにそんな大それた真似ができるはずがないと思い込んでいたからだ」

マーリンは考え込むように卓上を指で叩いている。

「……私はガルダという人間を見誤っていたのかもしれない。奴の中にもモルガンの血は流れている……」

後半はほとんど独り言のようなものだった。マーリンは、ぶるりと肩を震わせた。

「――お前の母親を連れてくるとして、どこに保護する？」

マーリンに聞かれ、樹里は母が来た時を想像した。

「それはもちろん、俺の部屋……」

「モルガンが王宮や神殿に入れないんだ。当然、お前の母親も入れないはずだ」

マーリンに冷たく突っ込まれ、樹里は「あぅ」と怯《ひる》んだ。そうか、そういうものなのか。同じ魂を分け合った存在だ。当たり前か。

樹里は頭を抱えた。王都に連れてくるはいいが、一体どこに保護すればいいのだろう？

「ラフラン領の我が城にお招きするのはどうでしょう？」

ランスロットが言った。樹里が目を輝かせると、ランスロットが微笑む。

「樹里様の母上となれば、私にとっても他人ではありません。むろん身分を隠してお招きすることになりますが……」

「それいいかも！　ラフラン領なら、モルガンは入りづらいし、妖精王の目も光ってるし」

樹里は喜んで賛成したが、マーリンは反対だというように額に手を当てた。

「ラフラン領は遠い」

マーリンに不満げに言われ、樹里は自分がラフラン領に行く気になっていたことを自覚した。マーリンは王都から離れたくないのだ。だが現状、ラフラン領以上にふさわしい場所は考えられなかった。

「だが他にいい場所がないか……。頭の痛い問題が増えた」

マーリンは立ち上がり、部屋を出ていこうとした。樹里としてはいつ次元超えをするのか気が気ではなくて、マーリンを追いかけてせっついた。

「いつ行くべきか熟考しておく。しばらく一人になりたい」

マーリンははっきりした答えを出さず、さっさと行ってしまった。樹里は仕方なく自室に戻ることにした。ランスロットはこの後、騎士たちの訓練に行かねばならないようで、廊下で別れた。

（母さんを守らなきゃ）

階段を歩きながら決意を固めていると、偶然トリスタンと出くわした。トリスタンは樹里を階段の踊り場へ誘う。

「樹里、アーサー王を殺した神官を捕らえたって？」

トリスタンがやけに前のめりになって聞く。興奮を抑え込んでいるような瞳に、樹里は戸惑った。トリスタンは人前では樹里に様をつけるが、二人きりになると気安く呼び捨てにする。

「兵士に聞いたのか？　元、神官ね。それが何だよ？」

トリスタンは他国の使者だが、この国に来てから内情を調べ上げ、そこらへんの民よりよほどキャメロットにくわしくなっている。

「直接会って話を聞きたいんだけど」

思いがけない要望に樹里は面食らった。

「駄目に決まってんだろ。ガルダに何の用だよ？」

他国の使者がアーサーを殺した元神官に一体どんな用があるというのだろう。訳が分からなくて樹里がじっとりと睨むと、トリスタンはしまったという表情で咳払いした。

「えっと、後学？　のため、に？　噂の魔女モルガンの手下なんだろ？　一度会ってみたいなぁって」

トリスタンはごまかすように笑う。あきらかにとってつけたような態度が怪しくて、樹里はじろじろと眺めた。エストラーダの王もモルガンの情報を欲しがっているのだろうか？　モルガンはキャメロット以外の国には手を伸ばしていないが、まさか脅威を感じているのだろうか？

「あ、ためしに聞いてみただけだから。やっぱ駄目か。うんうん、じゃあいいや」

樹里に不審な目で見られていると気づいたトリスタンは、軽く手を振って愛想笑いを浮かべると去っていった。

（変な奴だな）

あの様子では一人でこっそり会いに行くかもしれないと懸念し、樹里は近くにいた衛兵に牢にトリスタンが来ても取り次ぐなと命じた。トリスタンには謎が多く、悪い奴じゃないのは分かるが、すべてを信じるわけにはいかない。

「樹里様」

王宮の自室に戻ると、サンが真剣な面持ちで駆けてきた。

「ガルダ様に会ったのですか？　どうでしたか⁉」

サンは切羽詰まった様子で尋ねてくる。考えてみればサンは七歳の頃に施設からガルダに引き取られたのだ。ガルダに対する思い入れが樹里とはまったく違う。

「モルガンを裏切って出頭してきたって。……すごくやつれているし、以前のガルダとは雰囲気が違う」

樹里はどう言っていいか考えあぐねながら答えた。サンは見るからに気落ちしてしまい、細い背中を抱きしめてやりたくなった。樹里が実行する前にクロがサンの身体にすりより、長い舌で顔を舐めて慰める。

「アーサー王を殺したのは……本当にガルダ様なのですか？」

サンは床を見つめて呟く。樹里は壁際に置かれた長椅子にサンと腰を下ろした。サンの手を握り、つむじを見ながら「確かな証拠があった」と言った。

「……そう、なのですか。では……ガルダ様は処刑されるのでしょうか……」

サンは泣きそうな顔で樹里を見上げる。

「この国の法律じゃそうなるかな……。ガルダもそれは覚悟してるみたいだし」

残酷とは思いつつ樹里は正直に言った。サンは十三歳になった。この国ではこの年頃はもう子どもとして扱われない。とはいえ自分の庇護者として慕ってきた相手が処刑されるなんて、どれほど胸を痛めているだろう。つくづくガルダの罪は重い。

「……ガルダと話したいか？」

サンのしょげた姿を見ていたらたまらなくなり、樹里は尋ねた。トリスタンには会わせられないと言った樹里だが、サンが望むなら頼み込んで話を通してもいいと思っていた。ガルダだってサンに会いたいかもしれない。

「……分かりません。僕、できればガルダ様には来てほしくなかったです」

サンは消え入りそうな声で答えた。サンの切ない思いが伝わり、樹里はしばらくサンの手を握っていた。

ガルダへの処罰をどうすべきか議論がなされた。樹里やマーリン、ランスロット、ダン、大神官、有力貴族や騎士団の重要人物——総勢四十名ほどが会議の間に集まった。集《つど》った面子は、ほとんどが死刑を望んでいた。大神官さえも、死刑以外はありえないと言い切った。王殺しは死刑が決まりだ。だが、いつ死刑を執行するかという議論において、意見は真っ二つに割れた。

つまり、今すぐ殺せという意見と、モルガンの情報を聞き出してから殺すべきという意見だ。

「我らはモルガンについて、くわしく知らねばなりません。ガルダは自ら出頭してきた。時間をかければモルガンの情報についても明かしてくれるはず。その功績によっては多少の恩赦を与えることもやぶさかではないと考えております。むろんその恩赦とは刑を軽くすることではありません。苦しまずに死ぬようにしてやるというものです」

宰相のダンは深い理知を秘めた眼差しで語った。

「私は反対です。ガルダを生かしておくことが重大な失態に繋がったらどうなさる。今の状況さえ、もしかしたらモルガンの策かもしれない。あやつは魔術を扱える。こうしている今も、虎視《こし》眈々《たんたん》と王都を滅ぼす算段を巡らせているに違いない」

貴族のマッシュが口ひげを弄りながら主張した。

「忘れてならないのは、ランスロット卿の時のような惨劇です！」

第二部隊隊長のバーナードが拳を振り上げて怒鳴った。

「処刑しようとした際に、魔女が現れて恐ろしい術をかけてきたではありませんか！　あのような悲劇は二度と繰り返してはなりません。処刑は様子を見るべきです！」

バーナードの発言はランスロットとマーリンの顔を曇らせた。当時の状況を思い返して、会議の間の空気が重くなる。

「ガルダを処刑しようとしたら、またモルガンが現れると……？」

「だとしたら処刑は危険だ」

「いや、あれは大々的にしたのがそもそも間違いだったのだ。ひっそりと牢で処刑するのがいい」

皆がいっせいに膝を突き合わせて騒ぎ始めた。

「皆さん、落ち着いて下さい。たとえどんなことが起きようとも、王殺しをした者は処刑されねばなりません。それが我が国の決まりです。ガルダの処刑は決定事項として、いつ実行するかについてはじっくり考えましょう」

ダンは騒がしくなった人々を落ち着かせるように諭した。この国には法律があり、それを曲げることは許されない。ガルダは実行犯として刑を受けねばならない。

「ガルダはモルガンを裏切ってきたと言っておりましたが、モルガンが処刑を止めようとする可能性もないわけではありません。事は慎重に運ばねば」

結局、ダンはそう言って会議を終わらせた。これ以上話し合っても無駄だと悟ったのだろう。マーリンはその間にモルガンの情報を引き出しておくとダンに約束した。

会議が終わったらぐったりした。それはランスロットやマーリンも同じだったようで、二人とも表情が冴えない。

「樹里、次元超えの話だが」

会議の間を出る間際、マーリンが樹里を引き留めた。

「いつ行く⁉」

樹里が意気込んで言うと、辺りを気にしながらマーリンが「三日後」と答えた。思ったより早い展開に、樹里は興奮した。三日後には母に会える。

「よかった、行ってくれるんだな！　ひょっとしたら行かないのかもって——」

「そうしたかったが、モルガンに奪われるわけにはいかない。準備をしておけ。この件は内密だ」

マーリンは他の人に聞かれたくないようで、ひそひそと話す。会議の間にはもう樹里とランスロットしか残っていなかったが、樹里も小声で「分かった」と応じた。

「マーリン殿」

ふいにランスロットが割り込んできて、樹里の手をとった。

「私も連れていってもらえないでしょうか？」

真剣な様子で切り出したランスロットに、マーリンが目を眇《すが》める。

「は？　何を馬鹿げたことを。卿には王都を守ってもらわねば困る。無論次元超えで戻ってくる時には空白の時間が生じないようするつもりだ――前回は二週間も差が出てしまったがな」

マーリンに叱りつけるように言われ、ランスロットが残念そうに目を閉じる。

「え、行きたかったの？　何で？」

樹里は首をかしげた。

「樹里様のいらした場所を見てみたいと思ったのです」

ランスロットが照れたように話す。

「ふ、ふーん。や、行ったらびっくりしちゃうから。こことぜんぜん違うし」

樹里ははにかんでしまった。ほのぼのしている場合ではないのだが、ランスロットに行きたかったと言われ、まんざらでもない。実家にランスロットがいるところを想像して、何だかニヤニヤしてしまった。めちゃくちゃ浮きまくりだ。

「次元超えをすることは、ランスロット卿にしか明かさない。他の誰にも知られたくないのでな。モルガンと魂を分けた者を連れてくるとなると大変な騒ぎになるだろう。私とお前の分身を作っておく。ああ、サンにも話しておかねばならないか」

マーリンは面倒そうにうなじを掻いた。マーリンは魔術を使い枝で分身を作ることができる。自分だけではなく、樹里の分身も作れるのかと目を丸くした。

「そのためにお前の髪の毛をもらうぞ」

そう言うなりマーリンが、樹里の髪の毛をむんずと掴んで引っ張った。けっこう痛くて涙目になる。マーリンの手にはむしられた数本の毛がある。

「それで俺を仮死状態にしないでくれよ？」

ジュリを仮死状態にする呪術に数本の毛を使用したことを思い出し、冗談交じりで言ってみた。マーリンは意地悪く笑い、無言で会議の間を出ていく。本当に大丈夫だろうか。

「樹里様がいなくなると寂しくなります」

続けて会議の間を出ようとすると、ランスロットに腕をとられ引き寄せられた。誰もいないとはいえ、公の場で抱きしめられて、腕を突っぱねる。

「空白の時間は生じさせないってマーリンが。ちょっと、ランスロット。こんなとこで駄目だって」

樹里の唇を奪おうとするランスロットに呆れ、胸を押し返す。

「誰もいません」

ランスロットは樹里の額に口づけ、髪をまさぐる。ランスロットの唇がこめかみから首筋に移動すると、樹里はその長い鼻を摘み上げた。

「鍵かかってないし、駄目だって言ってる」

聞き分けのない子どもを叱るように言うと、ランスロットが小さく笑って樹里の肩に顔を埋めてきた。

「では少しだけ、こうしていて下さい」

樹里の背中に腕を回し、ランスロットが囁く。樹里は扉を気にしつつもその身体に身を委ねた。いつの間にかランスロットの匂いを覚え、その熱を心地いいと感じるようになった。首筋にかかる吐息は優しく、たくましい腕に支えられているとつい場所を忘れて情熱に流されそうになる。

「……母さんを受け入れてくれるの、マジで嬉しい。でもホントに大丈夫か？　モルガンと魂を分けてるんだぞ。怖くない？」

ランスロットの胸に頬をくっつけ、樹里は気になっていたことを問いかけた。

「くわしいことはよく分かりませんが、ジュリと樹里様のようなものなのでしょう？　だとしたら怖くはありません。何よりも樹里様の母上なのですから」

ランスロットの長い指が樹里の頬を撫でる。ゆっくりとランスロットが顔を動かし、確かめるように樹里の頬に軽くキスをする。樹里が顔を上げて見つめると、ランスロットの表情が弛み、触れるだけの口づけが下りてきた。

「愛しています」

そっと触れるだけのキスが繰り返され、樹里は胸が熱くなった。もっと激しくキスをして互いの身体を弄り合いたいという欲望が湧き、急いでそれを振り払う。こんなふうに樹里まで色ボケしていたのでは、節度が保てない。

「もう終わり、行こう」

樹里はランスロットの胸を押しやり、紅潮した頬をごしごしと擦った。残念そうにランスロットが手を離す。会議の間を出ると、樹里はわざとランスロットと距離を空けて歩きだした。

3 懐かしの母

Nostalgic Mother

ガルダの処遇が決まらない中、地下牢《ちかろう》の監視は厳戒態勢が敷かれた。ガルダと面会するには大神官やダンの許可が必要とされ、見張りの兵も増員された。ダンはガルダからモルガンの情報を引き出そうとしたが、たいした情報は得られずにいた。同じ城に暮らしていたが、モルガンの気が向かないと会えなかったようで、三百年前に王と恋仲になり捨てられたことで王家を恨んでいるとか、赤子の命を使って魔力を補充しているとか、すでにマーリンが知っていることしかガルダも知らなかった。

「魔女には弱点がないのか？」

ダンがもっとも知りたかった点についても、ガルダは首を横に振った。

「私にはないように見えました。恐ろしく残酷な魔女……それがモルガンです」

ガルダは身震いして答えた。

モルガンの唯一の弱点であるエクスカリバーは使えないし、魔女の脅威はまだまだ続きそうだ。エガルダがもたらした情報で有益だったことといえば、モルガンの城の正確な位置くらいだ。エウリケ山は人を寄せつけない死の山と呼ばれてきた。キャメロット王国の地図の空白部分だ。ガルダはエウリケ山のくわしい地図を描くことができた。

「樹里《じゅり》、お前の分身を連れてきたぞ」

次元超えをする前夜になって、マーリンが大きな人形を抱えて部屋に現れた。覆っていた布を取り払うと、目の前に自分にそっくりな人形がいた。

「うっわ、すげー。キモー」

樹里は枝で作ったという自分を眺め、興奮して飛び跳ねた。部屋にいたクロが目を丸くして樹里の分身の匂いを嗅《か》ぎまくる。

「すごいですね！　これが本当に枝なのですか」

サンはあんぐりと口を開け、分身の樹里の身体をべたべた触っている。最初は興奮した樹里だが、やがて違和感を覚えてマーリンを振り返った。

「こいつ、ぜんぜんしゃべんないんだけど」

枝で作ったマーリンはまるで本物のように話し、動き回っていた。だが、樹里の分身はうんともすんとも言わないで、じーっと一点を見つめているだけだ。

「ぜいたくを言うな。そこまで高度な分身を作るのは面倒くさい。これは万が一にも我々の帰りが遅かった場合の保険なのだからな」

マーリンはわざとらしく樹里の肩を叩き、鼻で笑う。マーリンは前回の次元超えで戻ってきた時に、空白の時間ができたことを気にしている。マーリンと樹里がいないと知られたら、モルガンは何か仕掛けてくるかもしれない。だから分身を作ったのだ。

王宮にはモルガンに憑依《ひょうい》されたグィネヴィアがいる。グィネヴィアは最近すっかりおとなしくなり、樹里たちを困らせるような真似をしなくなった。ランスロットにきっぱりと振られたのがよかったのか、マーリン曰《いわ》く、グィネヴィアの中にあった負の穴は修復されたようだ。とはいえまだ不安定な状態なので、決して神殿には近づかせないようにと護衛の騎士たちに指示してある。

「明日の夜、お前は大神官を呼び、具合が悪いとかなんとか言え。しばらく休むとな。その後はこいつを寝台に寝かせておけば、サンがごまかしてくれるだろう」

マーリンに顎《あご》をしゃくられ、サンは真剣な顔で頷く。

「くれぐれも丁重に扱えよ。衝撃を与えると枝に戻るからな」

明日からの細かい打ち合わせを終えて去る間際、マーリンが念を押した。マーリンの分身に比べると性能が明らかに低くて気分が下がった。仕方なく部屋の隅に置いて、布をかぶせる。

「樹里様、明日出発ですよね」

訓練を終えたランスロットが夕食後に現れ、寂しそうに抱きしめてくる。驚かせてやろうと思って分身の樹里を見せると、頭のてっぺんから爪先まで眺め、マーリンの術に感心する。

「もし樹里様のお戻りが遅かったら、この姿を見て心を慰めます」

ランスロットは分身の樹里の手を握り、微笑む。

「変なことに使うなよ？」

一抹の不安を感じて言うと、ランスロットが首をかしげる。ランスロットには大きな人形で遊ぶという発想はないようだ。自分の汚れ具合に樹里は何でもないと赤くなってごまかした。

「すぐ戻ってこられるとよいですね」

サンは樹里たちのためにハーブティーを淹《い》れながら、しみじみと呟いた。


夜、樹里は風邪をひいた演技をして、大神官にしばらく朝の清めの儀式が果たせないと謝った。大神官はさして疑った様子もなく、「では風邪が治ったら再開してくれ」とあっさり去っていった。樹里に対して心配の言葉が一つもないことにはムッとしたが、これで体裁は整った。分身の樹里を寝台に寝かせ、樹里は元いた世界から持ってきたリュックを背負って、顔が隠れるようなフードつきのマントを羽織った。

「じゃ、サン、クロ、よろしくな」

見送りは断り、サンとは部屋で別れた。真夜中に部屋を出たので、廊下は暗く、月明かりのみだ。人手不足もあり、重要な場所しか夜の見張りの兵を置いていないので、地下にあるマーリンの部屋まで誰にも会わずに行くことができた。

「来たか」

マーリンの部屋には分身のマーリンと本物のマーリンが並んでいる。こちらは性能がよく、しゃべるし動くのだ。羨《うらや》ましい。

「では行こう」

マーリンの部屋から次元超えをするのかと思っていたが、ここは場が悪いとかで神殿へ向かった。神殿には見張りの神兵が入り口に立っていた。神兵はマントで顔を隠している樹里を不審がったが、マーリンが強引にごまかして通らせた。

神殿の奥にある、樹里がこの世界に呼び出された部屋に入った。マーリンは床に香油で魔方陣を描き、持っていた杖を振り、部屋の四隅に向かって呪文を唱えた。魔方陣に入れと言われひょいとまたぐと、樹里とマーリンの周囲に風が起こった。それは竜巻のようにぐるぐると樹里たちを囲み、天井へと昇っていく。マーリンは歌うように呪文を唱え、杖で魔方陣に描かれた図形を叩いていく。

「うわ……っ」

突然地鳴りがして、身体をぐんと上に引っ張られそうになった。樹里は焦ってマーリンにしがみつく。マーリンは動じた様子もなく呪文を唱え続けている。すると周囲の景色が一変して、光のトンネルをくぐっているかのように辺りがきらめきだす。

(ひいいいいっ)

何度経験しても一向に慣れない。樹里は必死になってマーリンにしがみつき、身体がばらばらになりそうな得体の知れない感覚に耐えた。時間にすればおそらく五分程度のことが、まるで一時間にも感じられた。

——ふいに後ろへ身体を投げ出されたと思うと、樹里は転がって何かの壁にぶつかった。

「いってー!!」

頭を抱え、目をぱちくりとする。視界に映る景色が奇妙だと思ったら、床に引っくり返っている。ぐらぐらする頭を押さえ、どうにか立ち上がる。目の前には同じように立ち上がろうとしているマーリンがいた。

「あ、ここって！」

樹里は周囲を見回し、目を輝かせた。目の前にはワインが並んだ棚がいくつもある。室内は豆電球一個なので薄暗いが、樹里には見覚えがあった。——母が経営するワインバーの地下にあるワインセラーだ。

「いい感じじゃん、マーリン」

樹里がマーリンの背中を叩くと、ムッとしたように身を離された。

「店、やってんのかな」

階段を上り、ドアを開けて店の様子を窺《うかが》う。今が何時か分からないが、店内は薄暗く、椅子もテーブルの上に載せられたままだ。そろそろと出てみると、誰もいない。カウンターの中に入り、時計を確認した。夜の十一時だ。この時間なら店は開けているはずだが……。

「お前の母親はいないようだな」

マーリンは壁にかかっている一月のカレンダーを見やり、眉根を寄せている。スマホを充電して今日がいつだか調べた。二月の第二土曜日——自分が最後にこちらの世界を出てから三年の月日が経っていた。

「ちょっと待って、電話してみる」

樹里はスマホで自宅にかけた。コール音が三回鳴って、留守電に切り替わってしまう。よく見ると、店はしばらく開けていないのか薄く埃《ほこり》が積もっている。カレンダーが一月のままであることから、一カ月ほどこの状態なのかもしれない。

「まさか、もう母さんはモルガンに……」

嫌な想像をしてしまい、樹里は不安になってマーリンのマントを引っ張った。

「家に行ってみよう。この世界の着衣があればよかったのだがな」

マーリンはマントにかかった埃を払って言う。ここで不安になっていても仕方ないので、樹里はマーリンと共にワインバーを出た。鍵を開けたままの状態になってしまうが、仕方ない。

深夜とはいえワインバーのある通りは繁華街だったので、樹里たちは人目を避けて裏通りを歩いた。マントを羽織った二人組なんて怪しいことこのうえない。これからワインバーの地下には着替えを用意しておこう。

「あ、ちょっと待った」

スマホを弄《いじ》っていた樹里は、メールに気づいて立ち止まった。DMにまぎれて、母からのメールがきている。

『樹里。念のため、あなたのスマホにメールしておくわね。私は今骨折して入院中で——……』

母のメールによると自宅近くの病院に一カ月ほど入院しているという。モルガンにさらわれたわけではないことにホッとしたが、骨折は心配だ。残念ながらこの時間では面会時間は過ぎている。母にメールを返してから、ひとまず自宅へ向かうことにした。

骨折なんて、何があったのだろう。

母からの返信をじりじり待ちながら、樹里は久しぶりのわが家へ足を向けた。


自宅に着くとマーリンが魔術で鍵を開けてくれた。懐《なつ》かしい我が家に入り、まず驚いたのは祖母の遺影があったことだ。樹里がいない間に祖母が亡くなったらしい。ひどくショックで、その場にへたりこんでしまった。葬式にも出られなかったし、最期に立ち会うこともできなかった。今さらながら家族から離れていたことを思い知らされた。

「明日、病院に行ってみよう」

落ち込んでばかりもいられない。母が入院している病院の場所や面会時間をチェックした。久しぶりに風呂を沸かして入り、棚の奥に隠しておいた保存用のカップ麺《めん》を食べた。インスタント麺のなんと美味いことか。

マーリンと自分の服をクローゼットから物色し、明日の予定を決めて今夜は寝ることにした。弾力のある寝台は最高で、文明のすばらしさに浸った。

翌日、樹里はマーリンと共に病院に向かった。マーリンは父のサラリーマン時代のスーツを着たのだが、長髪だし野暮ったくて逆に目だっていた。いかにも外国人という風貌だから余計だ。病院の受付で母の病室を確認して、母のもとへ急ぐ。

「母さん！」

母は個室で優雅にリンゴを齧《かじ》っていた。松葉杖が寝台の脇に置かれていて、ギプスを嵌《は》めた左脚が目に入った。

「樹里！」

母は樹里の顔を見るなりびっくりして、食べかけのリンゴを落とした。どうやら樹里のメールは見ていないようだ。樹里は歓声を上げて母に抱きつき、再会を喜ぶ。ふと視線を感じて後ろを振り返ると、見知らぬ若い男性がいた。

「長田《ながた》君、これうちの息子」

母は樹里を抱きしめながら、若い男性に声をかける。二十代半ばくらいの真面目そうな男性だ。樹里を見てぎくしゃくしながら会釈をした。

「そ、それじゃ僕はこの辺で」

長田と呼ばれた男はぺこぺこ頭を下げながら、そそくさと病室を出ていった。

「今の誰？　何？」

再会で感動したのも束《つか》の間《ま》、見知らぬ男性に不審感を抱き聞くと、母がいたずらっぽく笑った。

「今ちょっと仲いい子。あ、別に結婚とか考えてないから安心して。ほらぁ、おばあちゃんが亡くなって身の回りの手伝いが必要だったのよ。あんたはいないし」

母は明るく笑い飛ばして言う。あんな若い男とつきあっているのか。樹里はどういう顔をすればいいか分からず、顔を引《ひ》き攣《つ》らせた。息子の自分が言うのもなんだが、母は綺麗なのでモテる。

父に操《みさお》を立てていると思っていたが、よくよく思い出してみればいつも違う男性が傍にいたっけ。無意識に母を美化していたようだ。

「どうしたの？　もう戻ってこないんじゃないかと思ってたのに。あれから三年も経ったのよ？　おばあちゃんが亡くなって、親戚中の人間からあんたはどうしたんだってしつこく聞かれて大変だったんだから」

母は樹里の後ろにいるマーリンに気づき、大げさにため息をこぼした。

「よくないことが起こったのね？　でなきゃ、彼がいるわけないものね」

マーリンは軽く肩をすくめる。

「それなんだけど、ともかく母さんが無事でよかったよ。モルガンが母さんを狙っているって情報があって、それで助けに来たんだ」

樹里は寝台の脇に置かれていた椅子に座り、これまでに起きた出来事をかいつまんで話した。母にはキャメロットについてすでに話している。お互いの存在が危ういものであることも。

「アーサー王が亡くなったの……？」

母はアーサーの死に驚きを隠せない様子だった。なるべく感情を出さずに話そうとしたが、どうしても涙が滲《にじ》んでしまう。母は樹里の悲しみに寄り添うように優しく抱きしめてくれた。父が死んだ時を思い出したのかもしれない。

「樹里、大変だったのね。でも……おかげで分かったことがあるわ」

母はギプスを嵌めた左脚に触れ、確信に満ちた目で樹里とマーリンを見た。

「この一カ月くらい、変な声が聞こえていたのよ。声っていうか、歌、っていうか」

樹里はマーリンと顔を見合わせた。魔術を行う時、モルガンもマーリンも歌う。

「その歌声が聞こえると意識が朦朧《もうろう》としちゃって……。この怪我《けが》もそのせいなのよ。横断歩道でふらついて、信号無視した車に撥《は》ねられたの。幸い脚だけですんだけど、ここのところそんなことが頻繁に起きて」

——樹里は一刻も早く保護すべきだと決意した。モルガンは次元を超えて母に干渉している。いずれ取り返しのつかない事態になる。

「マーリン、母さんを俺たちの世界に連れていこう。ここじゃ危ない」

樹里は意気込んで言った。

「そうだな……。このままここにいては、危険だろう。私もこちらの世界に長居したくはない。樹里、さっさとやれ」

マーリンに顎をしゃくられ、樹里は大きく頷いて目を閉じた。悲しいことを思い出せば、すぐに涙がこぼれ出る。一滴、母の脚に樹里の涙がこぼれると、母が小さな悲鳴を上げた。

「何⁉ 今、何か……脚が変！」

母が左脚をさすって声を上擦らせる。

「今ので治ったはずだから、早くここを出よう」

樹里がせっつくと、母が困惑して身を引く。

「え、何言っちゃってんの？ そんな馬鹿な……」

気味悪そうに樹里を見ながら、母が脚を動かす。するとそれまでの感覚とまるで違ったのだろう。びっくりして寝台から起き上がる。

「うっそ、何これ！　うちの息子が魔法使いに⁉」

治った左脚で飛び跳ねたと思うと、歓喜した母が樹里に抱きついてきた。

「モルガンと同じ顔をしているだけに違和感がひどい……」

子どものように無邪気に喜ぶ母は、マーリンの目には奇妙に映るらしい。やれやれと首を振り、ドアへ向かう。

「悠長にしている暇はない。一刻も早くキャメロットに戻ろう」

マーリンは周囲を気にしながら呟いた。


退院手続きに思いのほか手間取ったが、樹里たちはその日のうちに親子そろって自宅へ戻ることができた。マーリンは今すぐ戻ろうとうるさかったが、母にとっては初めての次元超えだ。しておかなくてはならない用事が山ほどあった。しかし一番の問題は「行きたくない」と母が言いだしたことだ。

「母さん、何で！　モルガンが母さんの命を狙ってるって言っただろ！」

樹里はカリカリして声を張り上げた。母は溜まっていた洗濯をしながら、冷めた目で答える。

「そう言われても、海外旅行に行くのとは訳が違うでしょ？　私がいきなりいなくなったら、蒸発しただのなんだのって騒ぎになるわ。私、モテるから、いなくなったら血眼《ちまなこ》で捜す男がいっぱいいるのよ？　あの長田君だって、私が消えたらショックで自殺するかも」

「親の恋愛事情なんて、聞きたくねーし！」

樹里が赤くなって怒鳴ると、母はおかしそうに笑う。

「母親とは子どもと一緒にいたいものではないのか？」

マーリンが眉根を寄せて言う。洗濯機のある脱衣所に三人もいるので狭いことこのうえない。

「そりゃあいつでも好きな時に樹里と会えたらいいと思うけど……、もう成人しているし」

母にそっぽを向かれ、樹里はショックで固まった。母一人子一人、強い絆《きずな》で結ばれていると思っていたが、それは勘違いだったのか。

「はっきり言え。――モルガンと会うのが怖いのだろう」

焦《じ》れたようにマーリンが言う。母はサッと振り返り、マーリンをきつく睨《にら》みつけた。一瞬マーリンは身構えたが、緊張はすぐに解かれた。

「もう一人の自分と出会うかもしれないのだ。怖くないはずがない。……だが、この場にいてもいずれモルガンはやってくる。もう安穏とした暮らしは終わったのだ。今夜中に知り合いには旅行に出るとでも連絡しろ。明日にはキャメロットに戻る」

きっぱりとマーリンに言い切られ、母はムッとしたようだったが、何も言わなかった。マーリンは外に出てくると言って立ち去った。樹里は母と二人きりになり、おそるおそるその背中に触れた。

「母さん、いずれまたここへ戻ることもできる……、と思うから、今は一緒に行ってくれよ」

母にごねられるのが嫌で、樹里は優しく話しかけた。マーリンの言う通り、母は懼《おそ》れているのかもしれない。魂を分け合った相手が存在するという、常識では信じられないような状況なのだから。しかも相手はキャメロット中から恐れられている魔女モルガンだ。

「魔女なんでしょ？　私が行ったら、間違えられてすぐ殺されちゃうんじゃない？」

洗った衣服を籠《かご》に突っ込みながら、母は不安そうに言った。

「そうならないように守るよ。変装とかさ……マーリンに任せれば大丈夫だと思う」

「ふぅん」

気のない返事だ。これで本当に行ってくれるのだろうか。マーリンは無理やりにでも連れていくつもりのようだが……。

「今日、何食べたい？」

切羽詰まった状況をまるで理解していないような質問をされ、樹里はため息とともに「唐揚げ」と答えた。

やきもきしてその夜を過ごした樹里だが、母の手料理は美味しかったし、自分がいなかった間の出来事や情報収集に没頭した。せっかくこちらに来たのだから、薬の補充も欠かせない。

マーリンは緑の多い公園へ行って、魔力の補充に勤《いそ》しんでいたようで、夕暮れ時になって戻ってきた。

その夜は柔らかな布団にくるまって寝たせいか、深い眠りに落ちた。羽毛布団の暖かさが身に沁《し》みた。キャメロットでもこれが作れたら……と思わずにはいられない。

翌日、昼過ぎに起きた樹里は驚いた。——母の姿がない。

「マーリン！　母さんがいない！」

キッチンにも部屋にも母はいない。というかマーリンの姿も見えない。二人で次元超えをしたのかと焦っていると、「ただいまぁ」と母の呑気な声が玄関から聞こえた。

「母さん！」

玄関に駆けつけると、そこにはばっさりと髪を切った母と、センスのいいスーツを着たマーリンがいた。しかも母は髪を金髪に染め、カラーコンタクトまでつけている。もともと顔の彫りが深いので、外国人みたいだ。

「どう？　似合う？」

樹里の焦りなど知らず、母は短く刈り上げた髪に触れている。一瞬誰だか分からなかったほどだ。自分の母親の金髪姿など、あまり見るものではない。

「これならモルガンと間違われないでしょ？」

明るく言われ、どっと疲れを覚えた。こっちは気が気ではなかったのに、いつの間にか行く気になっていたのか。マーリンのスーツは母が買ってきたらしい。似合わないスーツを着ているのが気になっていたようだ。マーリンは母のつき添いに気力を使い果たしたようで、ぐったりしている。

「マーリン、約束よ。私がこっちの世界に戻りたくなったら、必ず帰してね」

母は切れ長の瞳でマーリンを見つめ、念を押す。

「分かっている」

マーリンはスーツを脱ぎながら言った。杖を取り出し、ネクタイを弛める。

「出かける支度をしろ。――キャメロットに戻る」


母の経営するワインバーの地下室から、樹里たちは次元超えを行った。樹里も慣れていないが、初めての母にはかなり刺激的な体験だったらしく、終始甲高い叫び声を上げていた。

最後はいつものように放り投げられる感覚に囚われて、樹里はその場に引っくり返った。くらくらする頭を振りながら起き上がると、見覚えのある場所にいた。

「あれ、湖に出るんじゃなかったっけ?」

樹里はきょろきょろして首をひねった。予定では城の近くにある湖のほとりに着くはずだったのだが、どうみてもここは神殿内だ。それも樹里が最初にこの世界に現れた一室――マーリンの描いた魔方陣がまだ残っている。

「まさか……」

いち早く立ち上がったマーリンが血相を変えて周囲を見回した。樹里の後ろで倒れていた母は、呻《うめ》きながら身を起こす。

「いったーい、腰打ったわ！　それにしてもすごい体験をしてしまった……。マーリンって本当に魔術師だったのね……あたた」

腰を擦りながら起き上がった母は、あらかじめ渡しておいたこの国の衣服を身にまとっている。一枚布で作られた白い貫頭衣だ。念のためにと樹里はマントを脱ぎ、母に着せた。

「どうしたんだ？　マーリン」

マーリンの様子はただごとではなかった。

「神殿に出てしまった……ありえない」

マーリンは恐ろしげに母を見やり、呟く。近くに出れてよかったじゃないかと言おうとして、樹里は息を吞んだ。

「モルガンが、神殿に入れてしまった……」

あちこち珍しげに見ている母に、苦しそうな様子はない。――モルガンは神殿と王宮には入れない、はずだ。かつての大神官が結界を張った。それなのに、母は平然としている。

「モルガンの魂分《たまわ》けをした存在だからか……？　モルガンとは認知されなかった……？　あるいはすでに結界は弱まっているのか……」

マーリンは目を細め、考えられる可能性を探っていた。もし結界が弱まっているとしたら、大変だ。おそらくモルガンはまだそのことを知らない。入れないものと思い込んでいるからこそ、他人を使ってアーサーの遺体を破壊しようとしているのだ。それが入れると知ったら……。

「なぁに？　怖い顔しちゃって」

樹里とマーリンに射すくめられて、母が顔を強張らせる。

「ともかくここを出よう、マーリン。神殿に入れるなら、王宮にも入れるはずだ。俺の部屋へ連れていくよ」

この場で考え込んでも仕方ないので、樹里はそう促した。マーリンは浮かない顔つきで部屋の扉を押し開ける。母にフードを深く被せて、なるべく顔が見えないようにした。神殿の廊下を歩いていると、廊下に立っていた神兵が樹里とマーリンに気づいて敬礼する。

「わぁ、ヨーロッパに来たみたい」

母は神殿や神兵を見て子どもみたいにはしゃいでいる。大人しくしてくれと小声で叱責し、樹里は神兵に声をかけた。

「何か異常は？」

静かな様子から察するに、樹里たちがいない間に変事が起きた気配はない。だが、どれくらい留守にしていたのか気になる。

「は。特に何も。樹里様、お加減が悪いと聞きましたが、回復なさったのですね。安心いたしました。そちらの方は？」

神兵に笑顔で聞かれ、樹里は罪悪感を抱きながら笑みを作って侍女だと答えた。あらかじめ打ち合わせていたのに、母は不満そうに鼻を鳴らす。

「長い間、臥《ふ》せっておられたので心配しておりました」

神兵は疑うことなく、そう言う。どうやら次元超えをしてから、それなりに日が経ってしまったようだ。何げなく、今日が何日か尋ねると、樹里たちが次元超えしてから二週間が経っていたことが分かった。

「思ったより時間が空いてしまった……」

マーリンはカリカリした様子で神殿を出て、王宮へ向かった。途中、人と会うたびに「お元気になられたのですね」と言われ、樹里は申し訳なくて胃が痛んだ。二週間も臥せっていたら、皆心配するだろう。

「樹里様！」

王宮の自分の部屋に入ると、サンが涙を浮かべて抱きついてきた。扉を閉めて、サンとクロの歓迎を受ける。

「きゃあ！　何これ！　豹《ひょう》⁉　虎⁉」

母はクロを見て仰天して飛び上がり、部屋の隅へダッシュで逃げた。部屋に大型の肉食獣がいるのだ。一般人がいきなりクロを見たらこうなっても仕方ない。

「母さん、クロだよ。こっちに来たら、大きくなっちゃったんだ」

樹里が急いで説明すると、母は面食らいつつおそるおそる戻ってきた。クロはすぐに母と分かり、大きな身体で飛びつく。

「食べられる！」

クロの巨体に伸し掛かられ、母が悲鳴を上げる。

「静かにしろ。騒ぎになってはまずい」

騒がしい母にげんなりしてマーリンが言う。サンは目を丸くして母を見る。

「この方が樹里様の母君で……？」

サンはモルガンに似ている母を不思議そうに見やる。母は最初は怯《おび》えていたが、顔中舐《な》められて、やがてクロだと分かり、その毛並みを優しく撫で回す。

「本当にクロだわ！　クロ、あなたがいなくなって、どれだけ寂しかったか！　大きくなりすぎよ！」

クロとじゃれあいながら母が嬉しそうに笑う。ふいにノックの音がして、ランスロットの声が聞こえた。

「樹里様がお戻りと聞きましたが……」

サンが扉を開けると、ランスロットが勢いよく入ってくる。ランスロットは樹里を見るなり顔をほころばせ、あっという間に樹里を腕の中に閉じ込めた。

「樹里様、あなたのいない日々は味気なく、心に穴が空いたようでした」

熱っぽく語られ、きつく抱きしめられ、一瞬胸がじんわりと熱くなったが、すぐに母がいることを思い出して胸を押し返した。

「ランスロット、そういうのは後で！」

小声で文句をつけると、ランスロットが寂しそうな顔で腕を離す。クロとじゃれあっていた母は起き上がり、じろじろとランスロットを見つめた。

「いい男。どこか寧《ねい》さんに似てるわ。この人、あなたの何？」

母に見透かすような眼差しで聞かれ、樹里は視線をさまよわせた。父に似ているなんて思ったことがなかったので、意外だ。ランスロットが口を開こうとしたのを見て、その足を軽く踏んで咳払いする。余計なことを言われたら面倒だ。

「おい、そんなことより、私たちがいなかった間の報告をしろ」

マーリンが苛立たしげに言う。

「実はいろいろ問題が起きています」

ランスロットが居住まいを正して説明し始める。樹里たちが次元超えをしてから一週間後、王都にケルト族が現れたそうだ。ケルト族とはジュリを倒すことで一致団結して以来、良好な関係を保っていた。けれど、ケルト族の村ではまだジュリの爪痕が残っていた。ジュリは長い間ケルト族を支配していた。ケルト族の女と子どもを人質に取り、言うことを聞かせるために男の身体に魔物を埋め込んだのだ。

「ケルト族の男たちに埋め込まれた魔物は、ジュリが仮死状態になっても未《いま》だに動いているそうなのです。祈禱師《きとうし》のダヤンという老婆が魔物を鎮めるべく奮闘しているようですが、消すまでには至っていないと。王都に来た数名の若者の魔物は私が妖精の剣で退治しましたが、まだ多くのケルト族が魔物に苦しめられています。それで、私にケルト族の村へ来てくれないかと……」

長椅子にそれぞれ腰を下ろして、サンの淹れてくれたハーブティーを飲みながら話を聞いた。マーリンはランスロットの話を「それは駄目だ」と一蹴した。

「はい。分身のマーリン殿も同じ考えでした。私に王都からいなくなられては困ると。それで話し合った結果、ケルト族の者たちに、王都へ来てもらうことになりました。トリスタン殿が魔物を鎮めるお茶を煎じて下さり、それでひとまず魔物を封じて王都に来るよう手配しました。おそらく一週間後くらいには王都に着くのではないかと思われます」

「そうだな。それがいい」

マーリンも納得したようだ。

「ガルダは大人しく地下牢にいます。その他の問題については分身のマーリン殿からお聞き下さい」

ガルダが事を起こすのではないかと案じていたマーリンは、留守の間に何も起きなかったことに安堵している。

「ところで樹里様の母君は、王宮に入れたのですね……？」

ランスロットは母を見つめ、かすかに顔を曇らせた。ランスロットもこの事態の危険性を認識している。

「ああ。かなりの問題だ。とはいえ、ここに入れたのだ。しばらくここに匿《かくま》うべきだろう。ラフラン領へ連れていく件に関しては、いずれ話し合おう」

マーリンはそう言うなり部屋を出ていこうとした。分身のマーリンからくわしい情報を得たいようだ。

「あ、ちょっと待って下さい！　マーリン様、こちらの樹里様はどうすれば」

部屋から出ていこうとしたマーリンを、サンが慌てて引き留める。寝室の寝台には分身の樹里が健やかな顔で寝ていた。

「剣で刺せばすぐ消える」

マーリンが面倒そうに吐き捨てると、サンが震え上がる。

「たとえ分身であろうと、樹里様にそんなことはできません！」

サンがランスロットに向き直ると、何とかしてくれと言わんばかりに手を合わせる。

「とんでもない、私には無理です」

ランスロットも嫌悪するように身を引き、拒否する。

「皆……」

偽者と分かっているのに剣で刺せないなんて、自分は愛されているなぁと樹里は感動した。仕方ないから自分でやろうかと思った矢先、マーリンがすっと寝室に入り、さっさと杖で分身の樹里を串刺しにした。あっという間に分身の樹里が消え、枝だけが残される。

「これでいいだろう。手間をかけさせるな」

冷たい声で枝を放り投げ、マーリンは出ていく。樹里はショックで硬直した。マーリンはいつでも自分を殺せるのだ。ランスロットもサンも母も、マーリンの躊躇《ちゅうちょ》ない行動にぽかんと口を開けている。

「改めて紹介するよ。俺の母さん」

気を取り直して、樹里はサンとランスロットに母を紹介した。クロは久しぶりに母に会えて嬉しいのか、べったりとくっついて離れようとしない。

「初めてお目にかかります、私はランスロットと申します。樹里様の母上とあれば、私にとっても……」

「わー‼」

ランスロットが微笑みながら余計なことを言いそうになったので、樹里はとっさに奇声を上げて遮った。ランスロットが戸惑って固まり、母の目がすうっと細くなる。

「ランスロットはこの国一番の騎士なんだ！　すげぇ強いんだから」

ランスロットに目配せしつつ、樹里は冷や汗を垂らしながら言った。

「ランスロットでしょう？　よく知っているわ。いい男ねぇ。脱いだらすごいんでしょうね」

母は『アーサー王物語』を知っているので、ランスロットの肩や背中にべたべた触り、熱い眼差しを送る。よもやとは思うが、ランスロットに色目など使わないよう言い聞かせておかねば。

「こっちはサンだよ。俺の従者で、身の回りのことをしてくれるんだ」

話を逸らそうとサンの肩を抱いて言うと、母の顔が曇った。

「こんな小さい子を働かせているの？　樹里、あなたったらなんて……」

樹里に対する説教が始まりそうで、頭を抱えた。自分たちのいた世界とこちらの世界では常識があまりに違いすぎる。この国では五歳から働いている子もいるのだ。だが確かに幼い子どもに労働を強制するのはよくない。自分もそう思っていた。

「僕は樹里様の従者です！　小さくありません、もう十三歳ですから！」

サンは自分が侮られたと思ったらしく、むきになる。それを見てまた母が眉根を寄せる。

「母さん、ともかく今はこの世界に慣れて」

樹里もこの世界に馴染《なじ》むまで大変だったが、母も苦労しそうだ。これから一体どうなるのだろうと一抹の不安を抱く。心を落ち着かせるため、お茶を飲んだ。


一息つくと、樹里は母を残してランスロットと共に部屋を出た。ずっと臥せっていた設定になっているので、樹里と出会ったほとんどの人が声をかけてきた。笑顔でもう大丈夫だと言って回る。

神殿へ行き、臥せっていた間、務めを果たせなかったことを大神官に詫《わ》びると、樹里は地下牢へ向かった。

「ガルダと会うのですか？」

ランスロットはどこか不安げだ。樹里の情緒が不安定になるのを危惧しているのだろう。

「ガルダの情報は正しかった。だから会っておきたいんだ。今は感情的になることはないから」

樹里は心配するランスロットに苦笑した。

地下牢に続く階段を下っていると、話し声がした。神兵とマーリンが話している。マーリンもガルダが気になっていたのだろう。神兵はひどく憤《いきどお》っているようだ。何かあったのだろうか？

「樹里様」

樹里に気づくと神兵はマーリンから離れて敬礼した。

「どうしたんだ？」

樹里が声をかけると、神兵は不機嫌そうにうつむいた。

「あいつは……、ガルダはいつ処刑されるのですか？　処刑するかどうかさえ決まっていないというのは本当ですか？」

神兵は怒りを抑え込んだ声音で訴える。

「俺の親友は呪いの剣で亡くなりました。まさか触れると石になるなんて知らなかったからです。親友を殺したのはあいつなんです！　あいつがのうのうと生きながらえているのが腹立たしい‼」

神兵は話すほどに激昂《げっこう》した。アーサーが殺された際、呪いの剣と知らず剣を運んだ神兵が二人いた。その二人は呪いの剣により、身体が石となって命を落とした。おそらくどちらかの親友なのだろう。

「つらいなら、見張りを替えてもらうよう言うが……」

ランスロットが同情気味に言った。神兵は怒気で赤くなった顔を床に向け、「いえ、それは……大丈夫です」と絞り出すように言った。

「いずれ必ず処刑される。怒りを抑え、職務を全うしてくれ」

マーリンはそう言って見張り番の神兵を下がらせた。悪事を働けば、どこかで恨みを買う。神兵の心がぎすぎすするのも当然だ。次元超えをした樹里にとってはつい先日の出来事だが、ここにいる彼らにとっては半月も前の話だ。いつ処刑されるのだとイライラするのは仕方ない。

「ガルダ……」

樹里は牢の格子《こうし》に近づき、ガルダに声をかけた。ガルダは暗い牢の隅っこに座っていた。食事は与えられているはずだが、痩せ細り、生気のない目をしている。床がスープで汚れている。自分でぶちまけたのか、あるいは神兵に放り投げられたのか。思わずため息がこぼれた。衛生的にもよくない状況だ。ガルダは樹里たちに気づいて、だるそうに視線を上げた。ランスロットが、さりげなく樹里の背後に立つ。何かあったら止めるつもりだろう。

「お前の言う通りだった。樹里の母親にモルガンは干渉していた」

マーリンは格子の前に膝をつき、落ち着いた声音で話しかける。ガルダは小さく頷いたが、その場から動こうとはしなかった。体力が落ちているのだろう。億劫《おっくう》そうだ。

「何か望みはあるか？」

マーリンは珍しく優しげに言った。ガルダは驚いたのかかすかに身じろぎする。

「お前の罪は重く、極刑は免《まぬか》れない。だが、その前にお前の望みを聞いてやることはできる。無論、できる範囲でだが」

樹里はマーリンとガルダの間に流れる空気が、言葉とは裏腹に張り詰めていくのを感じた。マーリンは優しく接しているように見えても、ガルダを赦《ゆる》してはいない。ガルダも、マーリンの優しさをそのまま受け留めてはいない。

「私にはもう何も……。できれば楽な方法で死にたいとは思いますが」

ガルダはゆるく首を振る。その態度はあれほどガルダに怒り狂った樹里でさえ、同情したくなるほど惨《みじ》めなものだった。モルガンが母親だったために道を誤ってしまった憐《あわ》れな男。樹里の目にガルダはそう映った。

「そうか。分かった」

マーリンはしつこく問うことはせず、立ち上がった。樹里たちが次元超えをしている間に何か事を起こすのではないかと案じていたマーリンだが、ガルダにその気はないようだった。実際目の前にいるガルダに、この地下牢を出る力は残っていないように見える。

ガルダは本心から悔いて、やってきたのかもしれない。

そう思った樹里だが、マーリンが背中を見せたとたん、ガルダの唇がわずかに吊り上がったのを見てしまった。一瞬、ぞくりとした。目を凝《こ》らす。蠟燭《ろうそく》の明かりしかない牢屋だ。もう一度よく見てみると、ガルダは悲しげにうつむいていた。暗くて見間違えたのだろうか。

（何だか、嫌だなぁ）

ガルダを疑っているのはマーリンより、自分なのかもしれない。もやもやした気分のまま、マーリンとランスロットと共に中庭に出た。

「マーリン殿は、ガルダ殿についてどう考えているのですか？　何か企んでいると？」

ランスロットは外気を大きく吸って尋ねた。

「分からん。悔いているのは真実だろう。だが……何か隠している」

深く考え込むようにマーリンが呟く。

「企みって、どんな？　マーリンが魔術で出られないようにしたし、ガルダはあまり力がないだろ？　神兵たちもガルダの罪の重さを知ってるから、逃がす手引きなんてしないだろうし」

樹里はもやもやした思いを抱えていたので、尖《とが》った声になった。

「私に一つ考えがある。樹里、お前の母親だ」

中庭のハーブ畑のところでマーリンが振り返った。

「母さんが何？」

「お前の母親とガルダを会わせてみたい」

突拍子もない発想に樹里は「えっ」と声を上げた。

「母さんと……？　危なくないか？　もし母さんがモルガンに憑依されたら」

嫌な想像が浮かんで顔が歪む。母親と闘うことだけは何としても避けたい。

「お前の母親が憑依される心配はない。負の感情がまったくないからな。無論、その場には私も同行するので、仮に憑依されそうになっても阻止できる。……お前の母親に、ガルダを懐柔してもらいたい」

マーリンは紫色の花を咲かせる細長い植物の前でしゃがみ込む。数本を根っこから引き抜き、しげしげと眺める。

「懐柔……？」

意味が分からなくて、樹里はランスロットと顔を見合わせた。

「ガルダは母親の愛情に飢えている。だからモルガンの命令に逆らえない。けれどモルガンは冷酷な魔女で、ガルダが望む愛情など与えるはずがない。そこへお前の母親が現れて優しく接してみろ。ガルダは真に望むものを得られたと思うに違いない」

ガルダの気持ちを利用した残酷な手法に、樹里はすぐに頷くことはできなかった。マーリンはハーブ畑に咲く他の花も数本抜いている。

「すぐにやれとは言わない。お前の母親もこの国に馴染むのに時間がかかるだろう。だが、考えておいてくれ。ガルダは何か隠している。それをつまびらかにしない限り、不安は取り除けない。……お前の子どもを危険な場に呼び寄せることになる」

マーリンに諭すように言われ、樹里はどきりとした。マーリンの言う通りだ。ガルダがいるこの状況で子どもを呼ぶのは少し怖い。もしガルダの狙いが、樹里の子の命を奪うことだったら？いくら魔力が弱いとはいえ、ガルダはモルガンの手下だった。何か秘密の手を隠している可能性もある。

「分かった。母さんに話してみる」

樹里は神妙な顔をして頷いた。その時、偶然にも宰相《さいしょう》のダンが通りかかり、近づいてきた。巻物をいくつか持っているから、大神官に用があるのだろう。

「樹里様、お加減はよろしいのですか？」

ダンに微笑まれ、樹里はわざとらしく咳をして、もう大丈夫だと答えた。

「ダン、ラフランへ子どもを迎えに行く件なんだけど、もう少し延ばしてもいいかな」

樹里が上目遣いで言うと、ダンは深いしわの刻まれた顔で見つめてきた。

「それはもちろん。樹里様が臥せられていたので、予定は延期しております。ガルダが現れましたしな、樹里様もご心配でしょう」

ダンも樹里の懸念を察している。聡明なダンは、ガルダが意味もなく出頭したとは思っていない。

「ありがとう、ダン」

樹里が礼を言うと、ダンは微笑んで神殿へと入っていった。

「ランスロット卿！　ここにおりましたか！」

中庭に騒がしくやってきた者がいた。騎士のマーハウスとユーウエィンだ。二人ともランスロットの人望厚い部下だ。

「ランスロット卿がおらねば、新入りの選抜が進みません！　早くおいで下さい！」

マーハウスはイライラした様子で駆けてくる。騎士団は再編制され、一個部隊につき百名ほどの編制になった。それに伴い、ランスロットは第一騎士団の隊長を退き、騎士団全体を束ねる団長となった。第一騎士団の隊長は今ユーウエィンで、副隊長がマーハウスだ。

マーハウスは樹里を見るなり、合点がいったようにニヤリとした。

「樹里様、回復したようで何よりです。樹里様が元気になって一緒におられたい気持ちは分かりますが、こちらも急を要しております。では失礼します」

マーハウスはランスロットの腕を摑み、強引に連れていこうとする。どうやら何かの途中だったようだ。ユーウエィンが笑顔で近づいて、ランスロットの反対の腕をとる。

「樹里様、元気になられたようですね。では失礼」

二人は有無を言わせずランスロットを引っ張っていった。ランスロットは気落ちした様子で引きずられている。マーリンは集めたハーブで薬を作ると言って去っていった。

樹里はキャメロットに戻ってきたのだなぁと感慨深く空を見上げた。

4 求めているものは

What You Are Looking for

母がキャメロットに来てから一週間が過ぎた。最初は樹里《じゅり》の部屋で大人しくしていた母だが、三日も経つと外に出たいとごねるようになった。もともと社交的な性格だ。部屋でじっとしているだけの毎日なんて耐えられるはずがない。

「お風呂入りたい、お菓子食べたい、誰かとしゃべりたい！」

母の要求にサンはほとほと困り果てていた。ある程度この国についてはサンから教わった母だが、馴染《なじ》むには現地の人々と話すのが一番と思っているようだ。自分の顔がこの国で一番恐れられ、憎まれている魔女と同じだという自覚は、当然だがない。

「まぁ、しゃべるのは確かに問題ないんだよな……」

樹里は頭を抱えた。樹里はこの国に来た時から、誰とでも会話ができた。知らない言語も操れた。母も同じく、この国の言語を理解してしゃべれる。だから王宮の者と会話するのは問題ないのだが……。

「とりあえず顔を隠す衣装を作ってみました」

器用なサンは女性ものの衣服も縫うことができる。あっという間に鼻から下を覆うヴェールを作り、この国の帽子と組み合わせている。髪は金髪だし、青いカラーコンタクトもしている。顔を覆い隠せば、モルガンと間違われることはないかもしれない。そう思い、遠乗りに連れていくことにした。もちろんランスロットの助けを借りてだ。

「やったわ！　嬉しい！」

母は部屋を出られるとあって大喜びだ。母の無邪気さをサンは不思議に思っているようだった。子どもみたいな人だと。

サンが作ったお弁当を持って、天気のいい秋の朝、遠乗りに行くことにした。

部屋から出る瞬間が一番緊張したが、出てみれば母は侍女らしい態度で樹里の後ろをしずしずと歩いている。石造りの廊下で偶然ダンと出会った時は、最初の試練だと緊張した。

「樹里様、遠乗りに出かけるとか。そちらの女性は……？　見ない者のようですが」

ダンはすべてを見通すような瞳で母を見つめる。

「新しく雇った侍女だよ。ランスロットの紹介なんだ。ドリーだ」

樹里はあらかじめ決めておいた設定を口にした。母の名前の翠《みどり》からドリーと名づけたのだ。母はすっと頭を下げて、「お見知りおきを」と小声で返す。

「美しい方のようですな。侍女らしからぬ存在感があるが……」

ダンはかすかにいぶかしむように首をひねった。多少疑問は抱いたようだが、ランスロットの紹介というのが効いたらしく、それ以上追及することなく去っていった。母は女性経営者ということもあってか、ダンの言う通り堂々としている。何かもっといい設定があればなぁと考えを巡らせた。

　王宮で会った騎士や衛兵と軽い挨拶を交わし、樹里は母とサンとクロを伴い中庭へ向かった。中庭には二頭の馬を引いたランスロットが待っていた。ランスロットは騎士団のマントをつけているものの、武具はつけず、仕立ての良い生地で作った衣服を身にまとっていた。凛《りん》としたその姿に母が「イケメンだわぁ」と囁《ささや》いた。樹里もそう思う。

「樹里様。お二人も、よい日和《ひより》ですね」

　ランスロットは駆け寄ってきた樹里たちににこやかに笑う。ランスロットの愛馬である黒馬と、葦毛《あしげ》の馬が並んでいた。母はランスロットに乗せてもらい、樹里は葦毛の馬に跨《また》がった。サンはお弁当を抱えてクロに乗る。

「では、参りましょう」

　ランスロットが手綱を引き、ゆっくりと進む。王宮を出て、王都の街並みを通り馬を三十分ほど走らせた。母は初めて見る風景に心を奪われているようだ。ランスロットの腰にしがみつき、あれこれと尋ねている。樹里は未《いま》だに慣れない乗馬に悪戦苦闘しながらランスロットの馬についていった。

　王都から少し離れた森近くの湖のほとりにつくと、樹里たちは馬を木に繋いで自然を満喫した。母は子どものようにはしゃいで、珍しい色の蝶《ちょう》に驚き、緑豊かなキャメロットの自然に歓声を上げている。自分がこの国に初めて来た頃を思い出し、感慨深くなった。

「古きよき英国って感じね。樹里、やっぱりここってイングランドなのかしら？」

草むらで思い切り伸びをして、母が興味深げに言う。

「うーん。似てるけど、違うとこもあるよ。竜がいたりするし」

「魔術師もいるし、魔女もいるしねぇ。便利な世界に慣れた身じゃ、ちょっとつらいけど、こういうのも悪くはないわ」

母は夜の不便な蠟燭生活《ろうそくせいかつ》を思い出したのか、笑っている。樹里はだいぶ慣れたが、電気のない生活は現代人にはつらいものだ。

(母さんに、言わなきゃなぁ)

樹里はちくりと胸が痛んだ。母とガルダを会わせる話はまだ実現していない。母に話してさえいない。商売柄、母は人の心を摑むのが上手い。頼めばきっと上手くやってくれるだろうが……。母に人を騙《だま》すような真似をさせるのは嫌なものだ。

「サンの作るご飯は美味しいしね」

サンがお弁当を広げると、いたずらっぽく母が笑う。サンはバスケットにたくさんのサンドイッチを詰め込んでいた。簡易の竈《かまど》を造り、湯を沸かしてスープも作ってくれる。サンの横についで母はこの国での料理の仕方を学んでいる。

皆でわいわい言いながら食事をして、ひと時の自由を愉《たの》しんだ。話し込んでいて、ふと気づくと、サンが母の膝枕で眠っていた。母は起こさないようにと指を口元に当てる。サンは孤児なので母親を知らない。だからだろうか、母といると子どもらしさが出ることがある。

「あなたたち、少し馬で走ってきたら?」

含みのある目つきで樹里を見つめ、母が言う。どうやら樹里とランスロットの関係に気づいているようだ。クロが母にくっついて寝そべっている。何かあっても守ってくれるだろう。

「樹里様、お言葉に甘えましょう」

ランスロットに手を取られ、樹里は少し赤くなりながら頷いた。ランスロットの馬に乗せてもらい、湖の周りを駆けた。黒馬は二人の体重をものともせず、軽やかに走る。

色とりどりの花が咲いている木陰につくと、ランスロットは馬を留めて、樹里を下ろした。

「樹里様、ずっとこうしたかった」

ランスロットは馬を下りるなり、樹里をぎゅっと抱きしめた。樹里としばらく離れていた上に、部屋には母がずっといたので、二人きりになる時間がなかった。ランスロットは溜め込んでいた想いがあふれ出したといわんばかりに樹里の唇を貪った。

「ラン、ス、ロット……、んん、……っ」

激しく唇を吸われて、樹里は息を吐く間もなかった。ランスロットの手でうなじを押さえつけられ、逃げることも許されず唇を舐《な》められる。舌を吸われ、口内を蹂躙《じゅうりん》され、立っているのもやっとだ。

「は……っ、あ、……っ」

ランスロットは唾液を交換する濃い口づけをする。キスだけでぼうっとしてきて、息が乱れた。樹里の髪を掻き乱し、ランスロットは股の間に入れた脚で下腹部を押し上げてくる。ごりごりと股間を押されると、樹里は真っ赤になった。

「駄目…、こんな場所で……、ぁ……っ」

母たちのいる場所から離れているとはいえ、真っ昼間の野外で淫らな真似をしてはいけないと、樹里はふるふると首を振った。けれどランスロットは拒絶する樹里の唇をふさぎ、マントの中に手を差し込んできた。衣服の上から胸元を探られ、乳首の辺りを撫でられる。薄い布しか身にまとっておらず、布越しに乳首を弄《いじ》られると、急速に下腹部に熱が溜まった。

「や……、駄目……駄目だって……」

必死になって言い募るが、火がついたランスロットを止めることはできなかった。近くの木に身体を押しつけられ、強引にズボンを下ろされる。樹里の性器は半勃《はんだ》ち状態で、握られるとすぐに硬度を持った。

「駄目とおっしゃらないで下さい。私はあなたの中に入りたい」

ランスロットの瞳は熱を持ち、息遣いは荒く、興奮しているのが伝わってきた。ひどく自分を求めているのが分かって、よりいっそう身体が熱を帯びる。

「樹里様……、どうかお許しを」

ランスロットは膝をつくと、樹里の性器を口に含んだ。樹里は息を詰めて、腰を震わせた。ランスロットは樹里の性器にむしゃぶりつき、剝き出しになった尻を強く揉む。毎晩のように愛されていた身体は、あっという間に熱くなった。ランスロットが唾液で濡らした指を尻の奥に入れてくると、膝が揺れて立っていられない。

「ひ……っ、あ、あ……っ、やぁ……っ」

音を立てて性器を吸われ、樹里は腰をひくつかせた。ランスロットの口の中で性器が張り詰めていく。身体の内部を指でかき乱されて、息がいっそう荒くなる。

「あ……っ、あ……っ、も、駄目、イっちゃうから、口、離して」

こんな場所で事に及んでいることにより興奮するのか、樹里の限界はすぐだった。懸命にランスロットの頭を押しやろうとするが、口で扱《しご》かれて身動きがとれない。はぁはぁと息を乱し、襲いくる快楽の波に抗おうとした。

「ひ、あぁ、ああ……っ!!」

奥に入れた指で前立腺を執拗《しつよう》に刺激されると、我慢できなかった。樹里は甲高い声を上げてランスロットの口に射精した。四肢が弛緩して、出しながらずるずるとその場にしゃがみ込んでしまう。

「はぁ……っ、はぁ……っ、あ……っ」

全身が敏感になっていて、顔がとろんとした。ランスロットは樹里の出した精液を手に吐き出し、それを尻に擦りつける。ランスロットはマントを外すと、草むらの上に広げた。樹里をその上に下ろす。

「樹里様、身体の力を抜いて下さい」

情欲に濡れた瞳で見つめられ、樹里は寝転んだ。ランスロットは忙《せわ》しげに樹里のズボンを脱がすと、伸し掛かってきた。両脚を広げられ、尻のすぼみにランスロットの怒張した性器が押しつけられる。呼吸する間もなく、それはぐっと入ってきた。

「あ、あ、あ……っ」

樹里は仰《の》け反《ぞ》って異物に耐えた。久しぶりにするせいか、ランスロットの性器がひどく大きく感じられ、息をするのも困難だった。熱くて硬くて、痺れる。腹の中がランスロットの性器でいっぱいになり、汗がどっと浮く。

「樹里様……、樹里様……愛しています」

中ほどまで性器を埋め込むと、ランスロットはうわごとのように繰り返し、樹里の唇を貪ってきた。キスしながらゆっくりと腰を揺すられると、頭の芯が蕩《とろ》ける。指ではなくランスロットの性器で奥を擦られ、気持ちよくて声が上擦った。

「ひ……っ、は……っ、あ、あ……っ」

キスの合間に喘《あえ》ぎ声《ごえ》を漏らし、樹里は腰を揺らした。ランスロットは樹里の上衣を捲《まく》り上《あ》げ、つんと尖《とが》った乳首に吸いつく。

「やぁ……っ、や、駄目、ああ……っ」

音を立てて乳首を吸われ、涙目になって首を振る。樹里が嬌声《きょうせい》を上げると、中に銜《くわ》え込《こ》んだランスロットの性器が大きくなり、どんどん奥へ入ってくる。片方の乳首を吸われ、片方の乳首を指で引っ張られ、樹里はたまらなくなってランスロットの腰を脚で締めつけた。

「もっと奥まで……いいですか？」

樹里が感じているのを潤んだ瞳で見つめ、ランスロットが乳首を甘嚙みしながら聞く。

「駄目、駄目、だ……め、やぁ……っ、あっあっあっ」

駄目だと言っているのに、ランスロットは身を起こし、根元まで性器を埋め込んできた。ずんと奥まで性器が入ってきて、怖くて、気持ちよくて、甲高い声が上がる。

「あー……っ、あー……っ」

激しく奥を穿《うが》たれ、樹里はあられもない声を上げた。ここが外だというのも忘れ、与えられる快楽に溺れた。ランスロットの動きが激しくなり、深い奥をめちゃくちゃにかき乱していく。樹里はひくひくと腰を震わせ、身悶《みもだ》えた。

「や、だ、イってる……っ、イってるから……っ」

繋がった場所がかーっと熱を持ち、樹里は悲鳴じみた声で喘ぎながら両脚をぴんとさせた。射精はしていなかったが、深い絶頂に襲われていた。先ほど達したばかりなのに、また信じられないくらい強い快楽が続く。目がチカチカして、触れられるだけで全身がビクンと跳ね上がる。絶頂の最中にさらに奥を突かれ、樹里は怖くなってランスロットの腕に爪を立てた。

「樹里様……っ、う、……っ」

樹里が銜え込んだ性器を無意識のうちにきつく締め上げると、不意を食らったようにランスロットが顔を歪めて中に精液を注ぎ込んできた。どくどくと熱い液体が体内に出される。

「ひ……っ、は……っ、は……っ」

ランスロットにぎゅっと抱きしめられたが、樹里は酸素を取り込むだけで精いっぱいだった。ぐったりして、指先さえ動かせない。腰から下はドロドロに溶けているようだ。ランスロットは汗ばんだ顔を近づけ、樹里のこめかみや首筋を吸う。樹里はぼうっとしてなすがままに、身を委ねていた。

深い快感に、身も心も蕩けきる。

「はぁ……、はぁ……、は……」

ようやく息が整ってきたが、まだ身体のほてりは収まらない。

「あんまり……遅くなると……やばいってば」

奥にいるランスロットの性器が一向に萎えないのに気づき、樹里は乾いた唇を舐めながら言った。暗に抜いてくれと頼んだのだが、ランスロットは聞こえなかった振りをして、腰を揺さぶる。

「……、駄目、だってば……、……っ」

ゆさゆさと奥を律動され、樹里は甘い声を必死に堪《こら》えて言った。

「もう少しだけ……一度ではぜんぜん足りません」

ランスロットが耳朶《みみたぶ》を甘く嚙みつつねだる。吐息がかかり、ぞくりとして樹里は頬を紅潮させた。ランスロットを押し返したいが、その力もない。唇を求められ、樹里は観念して唇を開いた。

「ん……、……っ、は……っ」

舌を吸われ、ひくりと身体が蠢《うごめ》く。ランスロットの大きな手は胸元を撫で回し、尖った乳首を弾いていく。キスのたびに乳首を摘まれ、身体がびくびくと跳ねるのがどうしようもなく恥ずかしい。まだ身体は熱いままで、時おり銜え込んでいるランスロットを締めつけているのが自分でも分かる。

「うっく……」

ランスロットが呼吸を繰り返しながら、入れていた性器をゆっくりと抜き取った。卑猥《ひわい》な水音がして、尻の穴から精液がどろりとあふれてくる。ランスロットのマントは精液で汚れてしまった。

「樹里様、手早くすませますので」

樹里を反転させると、ランスロットは再び濡れた性器を押し込んできた。背中から伸し掛かられ、腰を持ち上げられる。最初はゆっくりと腰を振ってきたが、すぐに激しく内部を穿ってきた。

「あ……っ、あ……っ、あ……っ」

ずぷずぷと出し入れされるたびに、淫らな音が起こり、樹里は四つん這いになって嬌声を上げた。ランスロットは樹里の感じる場所を重点的に責めてきた。張った部分で奥の声を殺せない場所を抉《えぐ》ってくる。

「はぁ……っ、はぁ……っ、樹里様、ずっとこうしていたい」

ランスロットは樹里の奥を突きながら、上擦った声を上げる。

「ひぃ、ああ……っ、あう……っ」

めちゃくちゃに奥を突き上げられ、樹里は腕に顔を埋《うず》め、腰を振った。気持ちよくて涙がぽろぽろこぼれる。繋がった部分が燃えるように熱くなっている。ランスロットの性器を奥にずっぽりと銜え込むたびに熱い吐息が口から出る。

樹里の奥を激しくかき乱した後、ランスロットは低い呻《うめ》き声《ごえ》を上げて射精した。

その頃には樹里はもうぐったりしていて、マントの上に突っ伏している状態だった。中で達することを覚えた身体はイきやすくなっているのか、何度も深い絶頂を覚えた。正気に戻るのが少し困難だったほどだ。

「マント……やばいんだけど」

やっと息が落ち着いた頃、樹里はのそのそと起き上がって頭を抱えた。マントの上でしたせいか、すっかり汚れている。するとランスロットは湖を見やり、「水浴びしましょう」と笑顔になった。

「このような状態で樹里様の母上の前に顔を出せません」

ランスロットは着ていた衣服を脱ぎ始めた。まだ九月なので水浴びはいいのだが、樹里は泳げない。躊躇《ちゅうちょ》していると、「私が支えます」とランスロットが樹里の手を引っ張った。

湖の浅瀬で、どろどろに汚れた身体を洗った。浅瀬といっても深さは樹里の胸くらいまであって、ランスロットに支えられながら身を清めた。

ランスロットは愛しげに樹里を見つめ、時おり口づけてくる。熱烈に愛されてるなぁと気恥ずかしくなり、手早く洗って岸に上がった。ランスロットの汚れたマントも洗ったが、乾くには時間がかかりそうだった。

あまり離れていてもまずいので、樹里はランスロットと共に馬で母たちの元に戻った。すると、母の傍に男がいるのが見えた。どきっとして、ランスロットの腕を摑んだ。

「あれはトリスタン殿ではないですか？」

身構える樹里に、ランスロットが言う。近づくにつれ、金色の髪と人懐《ひとなつ》っこい陽気な声が聞こえてきて、樹里にも分かった。

「おや、お帰りなさい」

樹里たちが目の前で馬から下りると、トリスタンが気づいてにこりと笑った。トリスタンは狩りでもしていたのか、弓矢を持ち、近くに繫いだ馬には動かなくなった鳥をぶら下げていた。サンはとっくに起きていて、母の隣で笑顔を浮かべている。

「トリスタン、どうした？」

神出鬼没なトリスタンだが、自分のあずかり知らぬところで母と話していたのは心が騒いだ。

「狩りをして帰る途中、偶然見かけてね。樹里の母親だろ？　そっくりだ」

正体がばれている。樹里は顔を引《ひ》き攣《つ》らせて母を見据えた。母はヴェールを脱いで素顔をさらしているのだ。

「ごめん。なんか邪魔だからとっちゃってたの。誰か来ると思わなかったんだもの」

母はいたずらがばれた子どもみたいに首をすくめる。

「トリスタン、えーと一応、侍女ってことで通してるから、他の人には内緒にしてくれるかな。いろいろ都合が悪くてさ」

自分の母親を侍女とごまかす理由について聞かれたらどうしようと焦りつつ、樹里は両手を合わせて頼み込んだ。絶対に何か突っ込まれると思ったが、トリスタンは「いいよ」とあっさり頷き、それ以上聞かない。

「さて、じゃあ俺はもう行こうかな。こいつを夕食に出してもらわないと」

トリスタンは捕らえられた鳥を指差し、立ち上がった。母はすっかり意気投合したらしく、笑顔で手を振っている。

「ところで、樹里」

馬の背を撫でながら、トリスタンがふっと声を潜める。

「神殿の地下牢《ちかろう》にいる罪人は、いつ処刑されるんだ？」

樹里は目を見開いた。トリスタンは馬に跨り、見たことのない険しい顔つきを見せる。

「お前、まさか地下牢に行ったのか？　何か魔術使って？」

神兵には通すなと念を押していたが、トリスタンには不思議な力がある。神兵ごときではそれを阻止することはできなかったようだ。

「ごめん。どうしても会っておきたくてね。忠告。あれは災厄の星を背負う者だよ。いつか殺すならさっさと首を刎《は》ねたほうがいい」

初めて見る冷たい目でそう言うと、トリスタンが馬の脇腹を足で蹴る。馬がいななき、トリスタンの合図に従って駆けだした。去っていくその後ろ姿を見送り、樹里は動揺した。今のは、どういう意味だろう？

トリスタンの姿が消えると、樹里は気を取り直して首を振った。母の前に膝をつく。

「──何、聞かれた？」

トリスタンは油断ならない。ひそかに母に探りを入れたのではないか。

「えー。どっちかっていうと私のほうが質問攻めにしてたわよ。金髪のイケメンなんだもの。いいわねぇ、ここ。美形が多くてテンション上がる。あの子、すごい人懐っこいし、筋肉もすごいのよ。脱いで、脱いでって頼んだら上半身だけ脱いでくれたの！」

母は呑気に話す。我が母ながらついていけないと樹里は脱力した。

「そしたらね、すごいの。刺青《いれずみ》？　っていうの？　不思議な模様が背中に描かれてて」

樹里は目を丸くした。

「刺青……？」

「僕には見えませんでしたけど」

母の隣にいたサンがきょとんとする。

「ええー、あんないっぱい入れてたのにぃ？　サンってば目が悪いんじゃないの？」

母が小馬鹿にするようにサンの額を指で突く。ムッとしたようにサンは口を尖らせた。

「僕は目がいい方です！　あそこの木に鳥が留まっているのだって見えますから」

「あらそう……？」

腑に落ちないというように母が呟く。エストラーダの国では刺青を入れる文化があるのかもしれない。それにしてはサンに見えなかったのはおかしいが。

「樹里様、そろそろお戻りにならないと」

ランスロットが馬を引き寄せて言う。樹里たちは帰路につくことにした。馬に乗る前に母に小声で「水浴びするようなことをしたの？」とからかわれたが、聞こえないふりをした。

馬で駆けること、三十分。王宮に戻ると、マーリンが吊り橋のところで待ち構えていた。

「何か、ありましたか？」

ランスロットが馬上から声をかけると、マーリンが早く戻れというように顎《あご》をしゃくる。

「ケルト族が来ている」

樹里は馬から下りて、衛兵に馬を引き渡した。魔物を退治してほしいケルト族が到着したのだろうか。確かめるように妖精の剣に触れるランスロットを頼もしげに見上げ、樹里は城門をくぐった。


ケルト族は広間に集められていた。年齢は少年から中年まで様々だが、すべて男性だ。ジュリは闘う能力のある男たちすべてに魔物を埋め込んだらしい。ケルト族を率いてきたのはグリグロワで、ランスロットが広間に現れると、近づいてきた。

「世話になる」

グリグロワはランスロットとがっちり握手をする。グリグロワは長い黒髪に色とりどりの飾りをつけた浅黒い肌の青年だ。ケルト族の次期長《じきおさ》で、ふだんは獣の皮を被っている。グリグロワは以前ランスロットに魔物を退治してもらったため、ランスロットに対する態度は尊敬の念にあふれている。

「皆の者、彼は悪魔と同じ顔をしているが、善き者、救い手の主だ」

グリグロワは樹里の肩を抱き、仲間にそう語る。樹里の姿を見て騒然としていた一部の若者が、それを聞いて肩にこもっていた力を抜く。樹里と魂分《たまわ》けした存在のジュリは、ケルト族を苦しめた。そのせいで同じ顔の樹里の存在は彼らを不安にさせるようだ。

ケルト族がいる間は、絶対に母を部屋から出してはいけないと樹里は肝に銘じた。ケルト族はモルガンの顔を知っているかもしれない。余計な問題を増やさないためにも、母には大人しくしていてもらわねば。

「遠いところをご苦労様でした。すぐにでも魔物退治を始めましょう」

マーリンが広間に入ってきたのを確認して、樹里はランスロットに目で合図した。ランスロットは「仰せのままに」と樹里に一礼して、腰に提げた妖精の剣を鞘《さや》から抜く。

「おお……」

妖精の剣が抜き放たれたとたん、広間に神々しい光があふれた。一人の若者が獣の皮を脱ぎ、身にまとっていたものをすべて床に落とした。全裸になった若者の背中に、黒い小さな塊《かたまり》がいた。もぞもぞと動き回り、若者に苦痛の声を上げさせる。それは黒い蜘蛛《くも》だった。それが這い回るたびに、宿主は強烈な苦痛に襲われる。

「では」

ランスロットは若者の背後で剣を構え、一瞬で振り下ろした。とたんに若者の背中にいた黒い小さな塊が溶けるように蒸発した。若者の背中には傷一つない。

「なんという、――奇跡か」

若者は歓喜に満ちた表情で振り返り、ランスロットに抱きついた。よほど嬉しかったのだろう。涙を流している。その様子を見ていた他の者たちが歓声を上げる。これまで苦しめられた魔物がとうとう消えると、喜びの雄叫《おたけ》びを上げる者までいた。

「次の方、前へ」

ランスロットの力を目の当《まあ》たりにしたケルト族は、我も我もと列を作った。ランスロットは驕《おご》ることなく淡々と魔物を退治していく。褒《ほ》め称《たた》えられるたびに、自分の力ではなく妖精王の力だと説明している。ランスロットのそういうところが、妖精の剣の持ち主として選ばれた理由なのだろう。

ケルト族は総勢四十名ほどいた。すべての魔物を退治する頃にはすっかり日が暮れてしまった。

「今夜は泊まっていかれるとよい。歓迎の席を設けている」

マーリンはグリグロワにそう言い、ケルト族もこれを素直に受け入れた。今夜は酒盛りになるのだろう。ケルト族と仲良くなれるのは喜ばしいことだ。樹里はランスロットをねぎらった。

SHY NOVELS 大好評発売中！　定価：本体880円＋税

騎士の祈り

夜光花　ILL. 奈良千春

どうせ死ぬなら、お前に殺されたい

アーサーのいなくなったキャメロット王国で、モルガンを退け、一時的な平穏の中、樹里は国一番の騎士ランスロットから深く愛されていた。夜毎抱きしめられ、いつの間にかランスロットの匂いを覚え、その熱を心地よく感じるほどに。けれど、アーサーとランスロットを罠に嵌めた神官ガルダが王宮に現れたことで、事態は急変する！　モルガンとの闘いは？　アーサーの復活は？　樹里とランスロットの愛は？『少年は神』シリーズから生まれた、騎士と神の子のアナザーストーリー堂々の完結!!

SHY NOVELS 大好評発売中！　定価：本体860円＋税

甘くて切ない

月村 奎　ILL. yoco

恋はしない　恋はこわい
恋は――やさしい

ショッピングモールにあるメガネ店で働く律は、幼い頃から不仲な両親を見て育ったため、他人と距離をおき、ひとりで過ごすことに慣れていた。そんなある日、ふとしたきっかけで人気作家の西 倫太朗と知り合い、高校生の弟とふたりで暮らしている倫太朗の家に、料理を教えに行くようになる。人と親しくすることを恐れ、誰かに恋することも、触れられることもなく生きてきた律だけれど、倫太朗といるうちに、やさしさや幸せを知るようになり!?

※書店に無い場合はお手数ですがご注文をお願いいたします。

既刊一覧

英田サキ
君のために泣こう　イラスト／北畠あけ乃
エス 咬痕《かみあと》
エス 裂罅《れっか》
エス 残光《ざんこう》
デコイ 迷鳥《めいちょう》
最果ての空　イラスト／奈良千春
花嫁のピジョンブラッド　イラスト／実相寺紫子
さよならを言う気はない　イラスト／北畠あけ乃
ライク・ファーザー・ライク・サン　イラスト／ヤマダサクラコ
花片雪　イラスト／山田ユギ
今宵、天使と杯を　イラスト／ヨネダコウ
ヘブンノウズ　足跡
ヘブンノウズ　赦罪
ヘブンノウズ　物語　イラスト／奈良千春
遠い岸辺　イラスト／ZAKK

秋津京子
保健室は立ち入り禁止！　イラスト／守井 章
誰よりも君を　ブランドロマンス　イラスト／夢花李

いおかいつき
最愛　イラスト／山田ユギ
獣の啼く街　イラスト／石田育絵

和泉 桂
甘い雫の満ちる夜　イラスト／佐々成美
春楡館に秘める鍵　建築家・饗庭 蓮　イラスト／高宮 東
蘭閣館の虜囚　建築家・饗庭 蓮　イラスト／門地かおり
貴公子の求婚　イラスト／佐々成美
タナトスの双子 1912
タナトスの双子 1917　イラスト／高階 佑
闇に契りし者、女の血を　イラスト／蓮川 愛

君のいない夜　イラスト／雨澄ノカ

一穂ミチ
Tonight・The Night　イラスト／絵津鼓

いとう由貴
復讐はため息の調べ　イラスト／山田ユギ
天涯の果て　イラスト／北畠あけ乃
そして、裏切りの夜が始まる　イラスト／佐々木久美子

岩本 薫
絶体×絶命　イラスト／宮城とおこ
花嫁執事　イラスト／佐々成美
S級執事の花嫁レッスン　イラスト／志水ゆき
【プリンス・オブ・シウヴァシリーズ】
青の誘惑 Prince of Silva
黒の騎士 Prince of Silva
銀の謀略 Prince of Silva
白の純真 Prince of Silva
紫の祝祭 Prince of Silva
紅の命運 Prince of Silva　イラスト／蓮川 愛
共鳴発情　オメガバース　イラスト／蓮川 愛

うえだ真由
彼は二度嘘をつく　イラスト／石田育絵
青い蜜月　イラスト／如月弘鷹
執務室の秘密　イラスト／高宮 東

榎田尤利
【吾妻&伊万里シリーズ】
レイニー・シーズン　イラスト／高橋 悠
【ラブ&トラスト】
ラブ&トラスト
エロティック・パフューム
100 Love Letters　イラスト／石原 理
ダブル・トラップ
【PET LOVERS】
犬ほど素敵な商売はない
獅子は獲物に手懐けられる　イラスト／志水ゆき
【交渉人シリーズ】
交渉人は疑わない
交渉人は振り返る
交渉人は嵌められる
交渉人は愛される
交渉人は休めない　榎田尤利100冊記念特別版　イラスト／奈良千春
【榎田尤利作品集】
Blue Rose　イラスト／高階 佑
聖夜　イラスト／ヨネダコウ
明日が世界の終わりでも　イラスト／藤たまき
華の闇　イラスト／蓮川 愛
菫の騎士　イラスト／ライトグラフII
優しいSの育て方　イラスト／草間さかえ
nez［ネ］
nez［ネ］ Sweet Smell
nez［ネ］ Smell and Memory
nez［ネ］ Your Lovely Smell　イラスト／湖水きよ

榎田尤利×まんまる
LOVE and EAT　榎田尤利のおいしい世界

華藤えれな
冥愛の鎖　イラスト／高階 佑
虜囚　プリズナー　イラスト／あじみね朔生

かわい有美子
ルーデンドルフ公と森の獣　イラスト／周防佑未
恋するクラゲ　イラスト／草間さかえ
世界の半分　イラスト／葛西リカコ

綺月 陣
梔子島に罪は咲く　イラスト／高緒 拾
一億二千七百万の愛を捧ぐ　イラスト／水名瀬雅良

如月 静
夜逃げマニュアル　イラスト／石原 理

樹生かなめ
黄昏に花が舞う　イラスト／槙えびし
やれる時にやっておけ　イラスト／北畠あけ乃
酔っぱらったらものにしろ
酔っぱらってもお前だけ　イラスト／ジキル
ありのままの君が好き
なにがあっても君が好き　イラスト／雪舟 薫

九葉 暦
balance due 薄幸体質の男　イラスト／北畠あけ乃

剛しいら
戀人―コイビト―　イラスト／石田育絵
大いなる遺産　イラスト／小笠原宇紀
恋じゃない　イラスト／石田育絵
ロッカーナンバー69　イラスト／CJ Michalski
花を撃つ　イラスト／小笠原宇紀

榊花月
ラブ・マイナス・ゼロ　イラスト／夢花李
耐えがたく甘い季節　イラスト／金ひかる
【抱きしめたいシリーズ】
抱きしめたい
Replay
Over
ロード・アイ・ミス・ユー　イラスト／高橋 悠

桜木ライカ
あいつの腕まで徒歩1分　イラスト／山田ユギ
嘘と本音としょっぱいキス　イラスト／樹 要
氷触 ―十年目に告げる愛―　イラスト／実相寺紫子

沙野風結子
天使憑きの男
悪魔憑きの男　イラスト／高宮 東

椎崎 夕
好きと言えない　イラスト／あさとえいり
親友と恋人と　イラスト／高宮 東
年下の男　イラスト／高久尚子
優しい檻　イラスト／佐々木久美子
きみの背中を見ている　イラスト／あさとえいり
水底の月　イラスト／高階 佑
壁際のキス　イラスト／高星麻子
臆病なキス　イラスト／佐々成美
ひとでなし　イラスト／穂波ゆきね
はじめてのひと
彼と、彼　イラスト／北畠あけ乃
愛人関係

愛ノ関係 執着 イラスト／水名瀬雅良
恋愛未満 イラスト／雨澄ノカ
ブラザーコンプレックス
愛情コンプレックス イラスト／穂波ゆきね
好きにならなくてもいい
好きになりなさい
好きになるはずがない イラスト／葛西リカコ
ひとりじめ イラスト／小山田あみ
おさななじみから
こいびとから イラスト／小椋ムク
こい、こわれ イラスト／ゆき林檎
おとうとではなく イラスト／yoco

秀 香穂里
僕の愛する執事へ イラスト／高崎ぼすこ
クライムダウン イラスト／水名瀬雅良

杉原理生
37℃ イラスト／北畠あけ乃
恋の記憶 イラスト／山田ユギ
音無き世界 イラスト／宝井理人
夜の寓話 イラスト／木下けい子

砂原糖子
恋雪 イラスト／木下けい子

高岡ミズミ
蒼天の覇者 ─風の系譜─ イラスト／夢花李
紅の誓約 イラスト／実相寺紫子
義父の指 イラスト／和鐵屋 匠
ワイルド&セクシー イラスト／朝南かつみ
個人秘書 イラスト／奈良千春

高遠琉加
鑑賞用愛人 イラスト／北畠あけ乃
溺れる戀 イラスト／今 市子
新装版
世界の果てで待っていて ─天使の傷痕─
世界の果てで待っていて ─嘘とナイフ─ イラスト／茶屋町勝呂
狼と狐の夜 イラスト／ヨネダコウ

たけうちりうと
ボディガードの告白 イラスト／ひびき玲音
葉月物語 イラスト／石原 理
キスと手錠 イラスト／北畠あけ乃

青鯉 イラスト／高階 佑

橘 紅緒
私立櫻丘学園高等寮
恋 私立櫻丘学園寮
朱い熱 私立櫻丘学園寮 イラスト／北畠あけ乃
専属契約 イラスト／北畠あけ乃
妓楼の戀水 イラスト／宮城とおこ
つまさきにくちづけを イラスト／佐々木久美子
唇で壊される。 イラスト／奈良千春
R134
Over The Rain イラスト／高星麻子

橘りたか
そして世界は色づいた イラスト／高星麻子
花と手錠 イラスト／あじみね朔生

月丘くらら
海までお散歩 イラスト／山本小鉄子

月村 奎
片思いアライアンス イラスト／穂波ゆきね
家族になろうよ イラスト／宮城とおこ
隣人は恋人のはじまり イラスト／木下けい子
初恋大パニック
初恋アミューズメント イラスト／秋平しろ
きみはまだ恋を知らない イラスト／志水ゆき
甘くて切ない イラスト／yoco

遠野春日
貴族と囚われの御曹司 イラスト／ひびき玲音
桔梗庵の花盗人と貴族 イラスト／雪舟 薫
高潔な貴族は愛を得る イラスト／櫻井しゅしゅしゅ
貴族は華に秘恋を捧ぐ イラスト／石原 理
花嫁は貴族の愛に奪われる イラスト／北畠あけ乃
秘密は白薔薇の下に イラスト／夢花李
骨董通りの恋人 イラスト／夏乃あゆみ
松前先生と美貌の作家 イラスト／木下けい子

鳥丸チイコ
コイビト恋人変人 イラスト／奈良千春

成瀬かの
甘えない猫 イラスト／高星麻子
何も言えない僕と懐中時計と恋の魔法 イラスト／小椋ムク

野坂花流
親友以上 イラスト／穂波ゆきね
池上准教授の恋愛学異論 イラスト／小山田あみ

羽生有輝
チョコレート
シガレット イラスト／湖水きよ

柊モチヨ
プロポーズは有効ですか? イラスト／宮城とおこ

火崎 勇
五つの音 イラスト／よしながふみ

菱沢九月
のらいぬ イラスト／石原 理

藤代 葎
誘惑 イラスト／奈良千春
スイート・セプテンバー イラスト／水名瀬雅良
焦燥 イラスト／麻生ミツ晃

藤森ちひろ
犬より愛して イラスト／山田ユギ
甘く、獰猛な欲望 イラスト／石原 理
夜より深く イラスト／蓮川 愛

松田美優
赤い呪縛 イラスト／奈良千春
自己破壊願望 イラスト／あじみね朔生
不道徳な闇 イラスト／実相寺紫子
巧みな狙撃手 イラスト／奈良千春
夜空に煌めく星の下 イラスト／奈良千春

水原とほる
初恋 イラスト／片岡ケイコ
チャイナ・ローズ イラスト／佐々木久美子

水壬楓子
undercover アンダーカバー イラスト／水名瀬雅良

夜光花
おきざりの天使 イラスト／門地かおり
闇の花 イラスト／水名瀬雅良
【薔薇シリーズ】
薔薇の刻印
薔薇の陰謀
薔薇の奪還
薔薇の守護
薔薇の誕生 イラスト／奈良千春
鬼花異聞
神花異聞
かくりよの花 イラスト／水名瀬雅良
【少年は神シリーズ】
少年は神の生贄になる
少年は神を裏切る
少年は神の子を宿す
少年は神と愛を誓う
少年は神の国に棲まう イラスト／奈良千春
【騎士シリーズ】
騎士の誓い
騎士の涙
騎士の祈り イラスト／奈良千春

Unit Vanilla
【アーサーズ・ガーディアン】
硝子の騎士
密林の覇者
胡蝶の誘惑
追憶の獅子 イラスト／蓮川 愛

李丘那岐
ヤクザな神さま イラスト／佐々木久美子

※書店にない場合はお手数ですがご注文をお願いいたします。

SHY NOVELS 大好評発売中！ 定価：本体880円＋税

騎士の涙

夜光花 ILL. 奈良千春

どうすればあなたを
私のものにできるのか

モルガンの罠にはまり、アーサーを喪った樹里たちは、ランスロットの領地であるラフラン領に逃れてきた。アーサーが生きていた時は臣下として、樹里への想いを殺していたランスロットだったが、元いた世界へ戻ろうとした樹里を強引に抱いて以来、その想いを隠そうとしなくなった。どうすればあなたを私のものにできるのか？　情熱的に迫ってくるランスロットに、樹里は困惑するばかりだったが……その一方で、モルガンの魔の手がラフラン領にも伸びてきて!?

ドラマCD情報

絶賛発売中！

『眠り王子にキスを』 月村 奎/著 木下けい子/絵
武内 健（堀 篤志）前野智昭（宮村周平）阿部 敦（朝比奈 巧）他
定価3,086円（税込）発売：フィフスアベニュー

『碧の王子 Prince of Silva』 岩本 薫/著 蓮川 愛/絵
島﨑信長/村瀬 歩（蓮・甲斐谷・シウヴァ）小野友樹（ヴィクトール・剛・鏑木）松岡禎丞（ジン）
興津和幸（ガブリエル）佐藤拓也（アンドレ）他
CD2枚組定価5,400円（税込）発売：マリン・エンタテインメント

『おきざりの天使』 夜光花/著 門地かおり/絵
武内 健（嶋中圭一）羽多野 渉（高坂則和）鈴木達央（日高徹平）他
定価5,143円（税込）発売：Atis collection

『タナトスの双子１９１７』 和泉 桂/著 高階 祐/絵
野島健児（ユーリ）近藤 隆（ミハイル）森川智之（ヴィクトール）羽多野 渉（アンドレイ）
小西克幸（マクシム）他
定価5,143円（税込）発売：Atis collection

夜は騎士団やキャメロットの有力者とケルト族で宴《うたげ》が開かれた。

広間には果物や肉、魚、小麦を使った料理が運び込まれた。食料が豊富なわけではないと知っていたケルト族が礼がわりに持ってきた食材だ。久しぶりに腕を振るえると料理長が喜んでいた。

モルガンは魔物を放ったが、王都から遠く離れたケルト族の村はあまり被害を受けなかったそうだ。モルガンは自分の棲《す》み処《か》に近いところには手をつけなかったのだろうか。樹里は安易にそう思ったが、それは違うとグリグロワは言う。

「魔女は赤子から魔力を補充する。だから我が村は被害を受けなかった。赤子が死んでは困るからだ」

恐ろしい理由に樹里は身震いした。モルガンの底知れぬ冷酷さが感じられた。

宴の席では騎士団の青年とケルト族の青年が仲良く酒を酌み交わしている姿が見られた。言葉が通じなくても、皆笑っている。酒の力は偉大だ。樹里はあまり酒に強くなくて、葡萄酒《ぶどうしゅ》を一杯もらっただけだ。

「あなたはキャメロット一の剣士と聞く。一度手合わせを願いたいものだ」

グリグロワはランスロットと酒を飲みながら、目を光らせる。

「いつでも喜んで。強い方と剣を交えるのは、私にとっても喜びです」

ランスロットは穏やかな笑みを浮かべて酒を飲む。ランスロットは酒が強く、何杯飲んでも顔色ひとつ変わらない。グリグロワも同じくらい酒が強いらしく、酒豪の二人は延々と杯を呷《あお》っている。

樹里は適当な頃合いで広間を抜け出し、王宮の自分の部屋に戻った。部屋では母がサンと文字の勉強をしていた。

「母さん、行ける？」

樹里は声を潜めて聞いた。——宴が始まる前に、母にガルダを懐柔してほしいという話をした。そして、今夜、母と共に地下牢へ向かうと決めたのだ。

「大丈夫よ」

母は気負った様子もなく羊皮紙を置く。サンの瞳の色は不安で揺れている。母はヴェールを被ると、胸元の大きく開いた黒の衣服に着替えた。黒い衣服はモルガンを連想させる。髪の色や瞳の色が違っても、ガルダは母の正体が分かるだろうか？

クロを伴い、樹里は母と一緒に神殿に足を向けた。神殿の地下牢に続く階段の前で、マーリンが待っていた。マーリンも酒の席を抜けてきたのだ。

「行こう」

マーリンは母の着ている衣服を見てかすかに頷くと、足早に階段を下りていった。見張りの神兵が二人いて、マーリンや樹里に敬礼する。樹里が三十分ほど持ち場を離れてくれと頼むと、神兵は困惑しつつも命令に従った。

母を連れて、ひと気のなくなった地下牢に入る。陰鬱《いんうつ》な湿った廊下を歩き、格子《こうし》で区切られた牢の一番奥にいるガルダの房を覗き込んだ。

「樹里様……？」

ガルダはこんな夜更けに樹里たちが来るとは思わなかったようで、いぶかしげな顔を向けてきた。樹里が脇に避《よ》け、母を前に押し出すと、ガルダの表情が一転した。

「母上……っ⁉　そんな、まさか、ああ……っ、あなたは、もう一人の母上……っ」

ガルダはヴェールをつけたままの状態でもすぐに母の正体を見抜いた。痩せた身体を大きくわななかせ、信じられないというように格子を摑む。母はゆっくりとヴェールをとり、じっとガルダを見つめた。隣にいた樹里はぞくりとして、思わず母に見入った。母が視線一つでガルダを掌握したのが分かった。母は魔術は使えないが、確かにモルガンと魂分けした存在なのだと今ほど実感したことはない。

「ガルダ……というのね。会うのは初めてね。事情は聞いています」

母は優しげに話しながら、格子を摑むガルダの手に触れた。ガルダが熱いものに触れた時のように、びくっとして手を離す。だがその視線は母に搦《から》めとられたように動かなかった。

「中に入って話したいわ。マーリン、いいでしょう？」

母はマーリンに視線を送る。マーリンは一瞬躊躇したが、神兵から借りた鍵を牢の鍵穴に挿し込んだ。ガルダは逃げるそぶりもなく、畏《おそ》れるように母を見ている。母は優雅なしぐさで身を屈《かが》め、牢に入ると、隅に後退したガルダに恐れることなく近寄った。

「あなたは私の可愛い息子なのね」

母は優しくガルダを抱きしめた。我が母ながら、大胆な行動に度肝を抜かれた。ガルダはアーサーを殺した犯人だと話したのに、母は臆することなく愛を注いでいる。ガルダは母の熱に包まれ、二、三度大きく身体を震わせた。

「ああ……、そんな……、これが……」

おそるおそるガルダの手が母の背中に回る。母はガルダを幼い子どものように扱い、その髪を撫でた。

「あなた、寧《ねい》さんに似ているのね。こちらではネイマーと呼ばれているのだったかしら……？ 聡明そうで穏やかな目がそっくり……。懐かしい、思い出すわ」

母はガルダを見つめ、目に涙を浮かべた。どこまでが演技でどこまでが本気なのか分からず、樹里は固唾《かたず》を呑んで見守る。

「私の……もう一人の私の息子というあなたに会ってみたかったの。あなたが私の息子だと確信したわ。あなたも分かるでしょう……？」

母はガルダを胸に抱き、その髪に口づけた。ガルダは紅潮した頬を母の胸に預け、声にならない声を上げた。

「このような愛があるのか……、このように甘く温かい……、私は知らない、何も知らなかった……」

ガルダはうっとりと目を閉じ、母の愛に包まれた。およそモルガンがとるはずのない行動を、母はとっている。ちらりと横を見ると、マーリンもたじろいでいる。ガルダを懐柔してくれと頼んだのはマーリンだが、まさか母がここまでするとは思わなかったのだろう。

「ごめんなさいね……ガルダ」

母はつと長いまつげを震わせた。涙目で見つめられ、ガルダが吸い込まれるように母を見返す。

「もう一人の私はあなたにひどい真似をさせたのね……。自分の子どもを手駒にするなんて……、あなたは私とネイマーの愛の結晶なのに」

「いいえ、いいえ、母上……っ」

ガルダは声高に叫んで首を振った。

「私は母上のために働ければそれで……っ、それだけで本望なのです」

頑《かたく》なに叫ぶガルダの頬を母は撫でた。

「いいえ、それは違うわ。あなたは私のために働かなくても、十分なのよ。あなたが存在している、それだけで私はあなたを愛するの。子どもとはそういうものなのよ。生きているだけで、あなたは私から愛される」

諭すように母が囁くと、ガルダはおろおろと視線をさまよわせた。

「そんな……そんな愛は知りません……。私は……私は……」

ガルダは急にうろたえて、母から離れようとした。母はそれに抗わず、けれどガルダに身を寄せる。

「ねぇ、あなたの話をして。聞きたいわ。ネイマーとの思い出があったら、教えて」

母は急かすことなくガルダに語りかける。ガルダは戸惑っていたものの、母にねだられ、ぽつりぽつりと過去を語り始めた。父と野草を摘みに行った時のこと、湖で魚を捕る方法を教わったこと、父に関するガルダの記憶は数えるほどしかなかったが、それらを母は嬉しそうに聞いていた。

　三十分という刻限が迫った頃、マーリンは「そろそろ戻らないと」と終わりを知らせた。母が腰を浮かすと、ガルダはひどく落胆した顔つきになった。もっと母といたいのだ。穏やかな愛に包まれていたいのだと樹里には痛いほど分かった。

「ガルダ……、私はラフラン領に行く予定だから、会うのは今日が最後かもしれない……。悲しい時は私の愛を思い出してね」

　母はガルダの額に軽くキスをして牢から出ようとした。するとガルダが「ラフラン領に行ってはいけない！」と突然叫んだ。母がびっくりして振り返ると、ガルダはあからさまにしまったという顔をした。

「どうして行ってはいけないの？」

　母が戸惑って聞くと、ガルダは頭を抱える。

「……明日、明日もう一度会って下さい。そうしたら……話します。少し考える時間が欲しい……」

　ガルダは喘ぐように言った。樹里は戦慄《せんりつ》を覚えて拳《こぶし》を握った。マーリンの予想通り、ガルダは何か隠している。母はガルダの心の固い扉を開けたのだ。

「マーリン、明日またガルダと会ってもいいかしら？　それと彼はすごく痩せているわ。もう少し栄養のあるものをあげてちょうだい」

　母は牢から出て、マーリンを軽く睨《にら》みつけた。

「分かった、手配しよう」

マーリンは牢の鍵を閉めると、母の背中を押した。ヴェールを再び被り、母は別れがたいとばかりに何度もガルダを振り返った。

下がらせていた神兵を見張りに戻し、階段の踊り場で待っていたクロと合流した。

「すっげぇ……」

神殿の廊下を歩きながら、樹里は興奮して母を見やった。樹里たちが何度試してみても叶わなかったことを、母は一度の対面で成し遂げた。

「あなたへの評価を変えなくてはいけないようだ。たいしたものだ。明日、ガルダがどんな情報を漏らすのか、お手並み拝見といこう」

マーリンも少なからず興奮しているようで、母への態度が一変している。母はどこか寂しげな空気を漂わせていた。

「あの人……死刑になるのね。仕方ないことかもしれないけど」

母はガルダがいずれ死ぬのだと想像し、顔を曇らせている。母のそういう優しさは樹里の好きなところだ。

「それにしても、ラフラン領に行くと何が起こるのかな」

ガルダは母がラフラン領に行くことを止めた。おそらくモルガンが何か罠を仕掛けているに違いない。

「分からんが、至急ラフラン領に連絡をとろう。まだ残っている騎士団もいる。ランスロット卿には私から知らせておこう」

そう言ってマーリンは宴の席に戻った。ラフラン領には妖精王がいるし、最悪の事態は起こらないと思うが、相手は魔女モルガンだ。何事も起きないようにと祈ることしか今はできなかった。


翌朝、太陽が王都を照らしだした頃、王宮にケルト族の少女が現れた。

少女は長い道のりを馬で駆け、ぼろぼろの状態だった。ろくに休憩もとらずに来たのだろう。衛兵が吊り橋を下ろし、城門に辿り着いた時、安堵したのか少女は倒れ込んでしまった。

「レーピオン、一体どうしたんだ⁉」

王宮に運び込まれた少女の周りには、ケルト族が集まった。知らせを受けて樹里も急いでその輪に加わった。グリグロワの腕に抱かれ、レーピオンと呼ばれた少女はかさかさに乾いた唇を震わせた。

「グリグロワ様、大変です……。村の女と子どもがみんなさらわれました……」

レーピオンは悔しそうに言う。とたんにケルト族が騒ぎ始めた。その場に駆けつけたマーリンやランスロット、ダンも顔色を変えている。

「どこのどいつに⁉　何が起きたんだ‼」

グリグロワは怒りの形相で、叫んだ。

レーピオンによると、グリグロワたちが旅立って三日後、村にモルガンが現れたそうだ。モルガンは魔術で竜巻を起こし、村の女と子どもはその竜巻によって西の方角へ飛ばされた。残された若者や老人が必死で後を追ったが、竜巻は山を越えて消えたという。レーピオンはたまたま狩りをしていたため無事で、グリグロワたちにこのことを伝えるために、すぐさま馬に乗ったという。

「モルガン……‼　憎き魔女め」

グリグロワは声高に言い、大きく顔を歪めた。ケルト族の男たちは「すぐ村に戻らなければ」と色めき立つ。

「マーリン、これって」

樹里は嫌な予感を抱いてマーリンに耳打ちした。昨夜ガルダがラフラン領に行ってはいけないと言ったことを思い出したのだ。モルガンはケルト族の女と子どもを使って、ラフラン領を攻めるつもりなのではないか。ふつうなら女性や子どもは戦力にならない。けれどモルガンの使う魔術なら、死ぬまで闘い続ける兵士を作り出せる。グリグロワたちがいない時をみはからって村を襲ったのも、邪魔が入らないからではないか。

「ああ……、私も同じことを考えた」

マーリンは一刻も早く出発しようとするグリグロワを、半刻だけ待ってくれと宥《なだ》めた。怒り狂っているケルト族を宥めるのは大変だったが、どのみち出発の準備には、それくらいかかる。その間に樹里は母を連れてマーリンと神殿の地下牢へ急いだ。

「奴と話したい」

マーリンは見張りの兵を下がらせ、ガルダのいる牢に足早に進んだ。母は何が起きたか分からなくて、戸惑っている。

朝がきても蠟燭の明かりしかない牢の中で、ガルダは膝を抱えていた。母が近づくと、弾けたように立ち上がる。

「母さん、ラフラン領で何が起こるか聞いて。ケルト族と関係してるかも」

樹里は小声で母に耳打ちした。事情は知らないながらも母は小さく頷いて、格子の前に跪《ひざまず》く。

「ガルダ。教えてちょうだい。ラフラン領で何か起きるの？　それはケルト族と関係あるの？」

母はガルダの目を見て、優しく質問する。ガルダは観念したように唇を歪めた。

「ええ……ご存じなのですね。そうです、モルガンは……ケルト族を使って、ラフラン領を血で汚すと言っていました」

樹里は息を呑んだ。マーリンも身体を強張らせている。

「何故そんなことを？」

母は心底理解できないというように眉根を寄せた。

「この国の最後の砦《とりで》だからです。ラフラン領から妖精が消えれば、妖精王は彼《か》の地《ち》を守る建前を失う。母は綺麗なもの、愛に満ちたもの、清浄さや品位といったものを嫌悪しているのです。憎んでいるのです」

ガルダは苦しそうに首を振った。

「私はあなたに会って、心が温かく満ち足りるという意味を初めて知りました。あなたをモルガンに殺されたくない。どうかラフラン領へは行かないで下さい。といっても、モルガンから逃げられる場所などないのかもしれませんが……」

ガルダは格子越しに母の手を取り、切々と訴えた。

「あなた方は本気でモルガンを止めるつもりか」

ガルダは樹里とマーリンに目を向け、低い声で尋ねた。ガルダの瞳に複雑な色が浮かんでいる。

「止めねばならないだろう」

マーリンはそっけなく答える。

「だがモルガンと対峙《たいじ》してモルガンを追い詰めるということは、彼女を死に近づけるということ。モルガンは魔力が足りなくなり負けそうになったら、迷わず自死するだろう。そして彼女を犠牲にして真の自分に戻るはずだ。だからモルガンを倒してはいけない、彼女を殺さないでくれ」

ガルダは喘ぐように言った。樹里は鼓動が跳ね上がった。とっさに何も言えなかった。

まさにその通りだ、と思ったのだ。モルガンは今、アーサーの最期の一撃で弱っている。次元を超えて母に干渉していたのは、母を殺して完全体に戻るためだったのだろう。魂分けについて知った時から恐れていた事態だ。ジュリを殺せば樹里が死ぬように、モルガンを殺せば、母が死ぬ。幸いジュリは仮死状態にできたが、モルガンを仮死状態にすることは難しい。モルガンの肉体の一部など手に入れようがない。仮に手に入れることができても、術が効力を発揮するには一カ月を要する。

「行くぞ」

マーリンはガルダに背を向けて、牢から離れた。樹里と母は戸惑いながらその後ろを追った。った。

ガルダが格子越しに母をじっと見つめている。母は何度か振り返ったものの、無言で階段を上がった。

「ラフラン領でとてもまずいことが起こるのね？　どうするの？」

急いた様子で先を歩くマーリンに、母が声をかける。

「ラフラン領を守らねばならない」

マーリンは重々しく告げた。情報を得た以上、ただ手をこまぬいているわけにはいかない。モルガンがいつラフラン領を襲うか分からないが、すぐにでも騎士団を派遣しなくてはならない。もしかしたらすでに襲われているかもしれないのだ。

「ランスロット！　大変だ！」

樹里は広間でケルト族と話し込んでいるランスロットを呼んだ。ランスロットが樹里たちの深刻な様子に眉を顰《ひそ》める。

樹里はガルダから聞いた情報をランスロットに伝えた。さらわれたケルト族の女子どもが襲う先がラフラン領であると知ったとたん、ランスロットは身体を強張らせた。

ランスロットの身体から怒りの炎が立ち昇った。

「グリグロワ殿、我ら騎士団も同行する。我が領地を汚されるわけにはいかない」

ランスロットは近くにいたユーウエィンとマーハウスを呼びつけ、一個部隊の出撃準備を命じた。

穏やかな朝の空気は慌ただしいものに一変した。ケルト族と騎士たちのために急いで武器が調《ととの》えられて、食料が配付された。もしラフラン領が攻撃されて、食糧難に陥《おちい》るような事態になったら一大事だ。先を見据えて、マーリンは手配を始めた。ランスロットは魔術での支援をマーリンに頼んだが、マーリンは不測の事態に備えるため、王都に残ることを選んだ。代わりに枝で作っていたもう一人のマーリンを、ランスロットに託した。

樹里は一緒に行きたかったが、ランスロットに止められた。

「樹里様、どうぞここに残って下さい。あなたが無事でなければ、私は全力で闘えません」

ランスロットはそう言って樹里を抱きしめた。ラフラン領ではどれほどの怪我人《けがにん》が出るだろう。ランスロットは妖精の剣でケルト族の女と子どもを助けると言うが、うまくいく保証はない。

「ランスロット、気をつけてくれよ。何かあったら、駆けつけるから」

気がかりだが、母を残していけない。不安に苛まれながらも樹里は見送るしかない。

午後、騎士団一個部隊とケルト族は王都を発《た》った。東の空に黒い雲がかかっているのが不吉だ。どうかモルガンの企みを阻止できるようにと樹里は騎士団を見送った。

5 裏切りの代償

The Cost of Betrayal

同じ寝台で寝ていた母が泣いていた。

「え、ちょっ、何？」

母親の泣く姿を見たのは、父の葬式くらいだ。樹里《じゅり》は一気に目が覚めた。

「王様に捨てられる夢を見たのよ……」

涙を拭《ぬぐ》いながら母が起き上がる。樹里も母も固い床では眠れないため、一緒に寝るようになったのだが、時々母は悪夢にうなされていた。こちらに来てから夢見が悪いのだ。

「王様って……アーサーじゃねぇよな？」

樹里が知っている王様はアーサーくらいだ。会ったこともないはずのアーサーが母の夢に出てくるとは思えないが、念のため聞いてみる。

「シーサーって呼んでた。嫌だわ。すごいリアルな夢だった。この私が捨てられるなんて！」

母は一転して怒りだす。夢に腹を立てても仕方ないと慰めつつ、何となく気になった。シーサーという名前——アーサーの父親の名前はユーサー・ペンドラゴンだった。名前が似ているし、ひょっとして過去に存在した王かもしれない。

「おはようございます。朝食をお持ちしました」

身支度を整えているとサンがやってきた。焼きたてのパンとスープがいい匂いだ。

「ねぇ、私、侍女って設定なら働かなくちゃ駄目じゃないの？　部屋にこもってばかりで退屈だわ」

食事しながら、母は隙あらば外に出ようと画策する。

「落ち着いたらラフラン領へ連れていくよ。俺に考えがあるし」

パンを頬張りつつ、樹里はじろりと母を見た。昨日、母は樹里に黙ってサンと一緒に野草を摘みに行っていたのだ。樹里が会議に出ている間の自由行動だ。警戒心のない二人には呆れる。

「ラフラン領ですか……」

サンはラフラン領での出来事を思い出して微笑んでいる。今はモルガンの企みがあるからラフラン領へ行くのは危険だが、事が落ち着いたら母を連れていくつもりだ。妖精王に母のことを頼みたい。妖精王なら母が平穏に暮らせる術《すべ》を見つけてくれるのではないかという期待があった。

マーリンの顔が変わる術は、もって一日。自由に暮らせるにはほど遠い。

「ランスロット、大丈夫かな……」

ふと樹里は不安になった。ケルト族もいるし、強さにおいてはひけをとらないが、相手は魔女モルガンだ。やはり分身の術のマーリンではなく、マーリン本人をラフラン領に行かせたほうがよかったのではないだろうか。マーリンはガルダを残して王都を離れるのが嫌だったようだが……。

「邪魔するぞ」

ノックもなしにやってきたのは当のマーリンだった。浮かない顔つきでマントを引きずりながら部屋に入ってくる。

「マーリン、連絡があったのか?」

樹里は腰を浮かした。マーリンは王国の各地に連絡係を置いていて、何かあると白い鳥を飛ばして連絡をとる。

「隊は夜にはラフラン領に入る。ラフラン領で目立った問題は起きていない。今のところはそれだけだ」

マーリンは長椅子に腰かけ、軽く首を振った。

「そうか。それなら間に合いそうだな」

樹里は安堵して言った。ランスロットの妖精の剣はケルト族の女や子どもを正気に戻してくれる。ケルト族の女や子どもを使ってラフラン領を穢《けが》そうとしても、ランスロットが率いる隊が間に合えば被害は最小限ですむはずだ。

「ガルダの情報が本当なら、な……」

マーリンは皿に盛られていたパンをひょいと摑み、口に運ぶ。最後の一個だったそれを食べようとしていたサンが、ショックを受けて固まっている。おこぼれをもらおうとしていたクロも尻《しっ》尾《ぽ》がだらりと下がる。

「嘘だっていうのか?」

樹里は背筋が寒くなった。ガルダの情報をもとに一個部隊を動かしたのだ。それなのにまさか偽の情報だというのか。

「あらゆる可能性を考えなければならない。王都から騎士の大半を移動させたかった可能性もある」

「そんな……」

樹里は青ざめた。

「ガルダは嘘を言っているようには見えなかったわ。商売柄、嘘を見抜くのは得意なのよ」

母は動じず言う。

「奴がそう信じ込んでいたなら、別だろう。モルガンがわざと偽の情報を摑ませたのかもしれない」

マーリンはそっけなく言い返した。警備が手薄になった王都を守るため、神兵にも王宮を守らせている。昔は騎士と神兵は持ち場が完全に分かれていたが、王都が壊滅状態になってからはその境が曖昧《あいまい》になった。

ラフラン領への攻撃が陽動で、真の狙いが王都だとしたら、どうなるのだろう。王都とラフラン領は遠い。どんなに急いでも最低二日はかかる。考え始めたらどうしようもなく不安で、樹里は無理やり意識を切り替えた。

「マーリン、シーサー王って知ってる?」

お茶を飲みながら、樹里は母が見たという悪夢について話した。とたんにマーリンの顔色が変わる。

「シーサー王は初代キャメロット国王だ。モルガンを国から追い出した王だ。まさか……モルガンの意識が入り込んでいるのか……？　キャメロットにいるせいか……」

マーリンは険しい目つきで母を見据えた。その目が仲間ではなく敵を見るものだったので、樹里は無意識のうちに母をかばうように身体をずらした。

「マーリン、変なことは考えるなよ」

邪魔者をすぐ殺したがるマーリンの悪い癖を思い出し、樹里は尖《とが》った声で言った。一瞬で場が緊張して、サンが身を竦《すく》ませる。

「この女を殺せばモルガンは完全体に戻る。そんな愚かな真似はしない」

マーリンは物騒な気配を引っ込め、顔を横に向けた。

「だがお前の言っていた通り、頃合いを見計らって妖精王のいるラフラン領へ連れていくべきかもしれない。モルガンに悪用されないためにもな」

マーリンは後頭部をがりがりと掻いた。

「話は変わるが、トリスタンを見かけたか？　監視をつけてもすぐに撒《ま》かれてしまう」

樹里はサンと顔を見合わせた。

「トリスタン様なら昨日は農民を手伝っていましたよ。土の浄化もしているみたいで、作物がすごい速さで育つって、食糧不足だから助かるって、皆喜んでいました」

サンは笑顔になる。樹里も中庭でハーブの手入れをしている時、トリスタンに手伝ってもらったことがある。トリスタンは土いじりが好きらしく、率先して肥料を運んだり、荒れた土を掘り返したりしている。

「街にいたのか……。城内を捜しても見つからないはずだ」

マーリンは面食らったように呟く。

「他国の人間なんて思えないくらい、トリスタンは好かれてるよ。人懐《ひとなつ》っこいしさ、進んで嫌なこと引き受けてくれるんだよなぁ。マーリンも警戒心弛めてもいいいんじゃない？」

人々の反応を思い出しながら言うと、マーリンは腕組みをした。

「……トリスタンは、ランスロットにはついていかなかったな」

マーリンがぼそりと言い、樹里は目を丸くした。何のことかと一瞬分からなかったが、そういえばトリスタンは事件が起こるたび、自分も一緒に行くと言って勝手についてきた。だが今回――騎士団とケルト族には同行しなかった。

「お前が行かなかったからだろうか？」

探るようにマーリンに見つめられ、樹里は困惑した。

「関係ないだろ。そりゃいろいろ守ってもらったけど。何でそう思うんだよ」

「私にはさっぱり分からんが、お前には男を惹《ひ》きつける魅力があるらしいのでな」

「ないよ！」

マーリンに真剣に言われ、真っ赤になって言い返す。隣で話を聞いていた母がころころと笑う。

「魔性の男ね」

母にからかわれ、樹里は睨《にら》みつけた。

「そういやトリスタンの背中に刺青《いれずみ》みたいなのがあるって母さんが言うんだよ。サンには何も見えなかったらしいんだけど」

話を変えようと樹里は遠乗りに出かけた時の話をすると、マーリンの目が見開き、合点がいったとばかり大きく頷いた。

「そうか！　そういうことか……、四精霊を杖も使わず呼び出せたのは……」

マーリンには何か分かったらしい。一人で納得しているので、説明を求めた。

「奴は特殊な召喚術を使っている。四精霊と直接契約を交わし、その身体に四精霊を宿らせる紋様を刻むというものだ。紋様は魔術を使える者にしか視《み》えないから、サンには視えなかったのだろう。どうりで供物もなく呼び出せたわけだ。——だが」

ふっとマーリンは眉を顰《ひそ》め、考え込むように顎《あご》に手を当てた。

「四精霊と直接契約など……ふつうの人間には無理だ。奴の正体は何だ？　エストラーダにそれほどの大魔術師がいるというのか？」

マーリンはぶつぶつ呟きながら立ち上がる。思考の海に潜ってしまったようで、挨拶もなく去っていった。

残された樹里たちはぽかんとして、マーリンが出ていった扉を見つめるばかりだった。

神殿での務めを果たし、大神官や神兵と共に王都の街を巡回した。ラフラン領から戻ってきた民は、それぞれ家を改築したり畑を耕したりと忙しい日々を送っている。幸いなことに天候は安定しており、トリスタンのおかげか作物はよく実っている。冬になる前にどれだけ食糧を貯蔵できるかが重要だ。樹里たちに民は気軽に挨拶をしてくれる。大神官はそれぞれの家の前で魔物を退ける祈禱《きとう》を行った。日が暮れるまでに一通り見て回ると、大神官は太った身体を馬に乗せて神殿へ戻っていった。

樹里は神兵に護衛され、徒歩で王宮へ戻った。ふと気が向いて訓練場に顔を出すと、新入りの騎士たちが指導を受けている。まだ少年の面影を残した者ばかりだが、我こそこの国を守ると意気込んでいる。

(……あれ)

訓練に勤《いそ》しんでいる騎士を見ていると、何故か気分が沈んできた。自分でもよく分からないが、何だか見ているのがつらい。

(うーん……何だ、これ)

胸にもやもやしたものを抱えたまま、その場を去った。王宮の入り口で神兵を下がらせ、石造りの廊下をとぼとぼと歩く。廊下の窓から空を眺め、ランスロットは今頃どの辺を走っているのだろうかと考えた。

領地を守るために無理をしていないだろうかとか、モルガンの攻撃を受けていないだろうかとか、ついつい遠く離れたランスロットのことを想ってしまう。朝の段階でマーリンは何も起きていないと言っていたが、あれから数時間経っている。もしかしたら何か起きたかもしれない。

考え始めると不安ばかり増して、樹里は部屋に戻るのをやめて神殿に向かった。神殿の広間の奥にそびえ立つ豊穣《ほうじょう》の女神の像に歩み寄り、膝をついて祈りを捧げる。ランスロットが無事戻りますように、騎士やケルト族に死者が出ませんように、女神に祈りを捧げた。

長い間祈っていると少し心が落ち着いた。そして、分かってしまった。

「あれ、俺ひょっとして寂しい……とか」

胸のもやもやはランスロットがいないせいではないか？　いやいやそんな、と速攻で否定して、乾いた笑いをこぼす。

「……いや、そう、か……。そうかも……」

自分はランスロットに会えなくて寂しいのかもしれない。そう認めると、腑に落ちる。惜しみない愛情を注いでくれるランスロットを思うと、胸が痛い。その愛に応《こた》えられないでいるのが心苦しい。そう思っていたけれど、いつの間にか自分の中にはしっかりとランスロットが存在していた。ほんの数日離れただけで気分が沈むほどに。

（やっぱ一緒に行けばよかったかなぁ）

埒《らち》もないことを考え、樹里はため息をこぼした。考えても仕方ないので、重い腰を上げた。外はすっかり暗くなっている。キャメロットの夏は短く、じきに冬がやってくる。中庭を通って王宮に戻ろうとした時、茂みからひょいと顔を出した者がいた。

「樹里」

「トリスタン！」

トリスタンは初めて会った時と同じような格好をしていた。深緑色のマントに腰に剣、大きな弓矢を背負っている。麻のリュックから、布にくるまれた長い棒みたいなものがはみ出ていた。

「その格好、どっか行くのか？」

編み込まれたブーツを見下ろし、樹里は動揺した。

「うん。もう国に帰ろうと思って。最後に樹里に会えてよかった」

トリスタンは笑顔で言うと、樹里をぎゅうっと抱きしめた。いきなりの別れの挨拶に樹里は驚いて何も言えなくなった。エストラーダに帰れと何度言っても帰らないから、てっきりまだまだいるのだと思っていた。こんなに急に別れがくるなんて。

「そっか……帰っちゃうのか」

ランスロットがいない寂しさに加えて、トリスタンまでいなくなるなんて——樹里はしんみりしてしまった。

「そんな顔されると胸が痛むなぁ。あ、マーリン殿に言伝《ことづて》頼めるかな？　あんまり怒ると健康を害するって。次に彼がものすごい怒った時に伝えてね。怒った顔も嫌いじゃないけど」

トリスタンは相変わらずとぼけている。

「マーリンに直接別れを伝えないのか？　ランスロットはいないけど、せめて最後に皆で送別会を……それに、水の浄化のお礼がまだだし……」

気軽な態度のトリスタンに戸惑い、樹里はその背中を追いかけた。

「あ、そういうのいいよ。褒美《ほうび》はもうもらったし。そんじゃね、樹里」

トリスタンはひょうひょうとした態度で手を振り、さっさと行ってしまった。あまりにも呆気ない別れに樹里は立ち尽くした。エストラーダの使者として来たくせに、最後は風のように去ってしまった。エストラーダの王に書簡の一つでも送りたかったのに。

褒美はもうもらったと言っていたが、いつの間にかマーリンが渡していたのだろうか？

「あいつ、最後まで呼び捨てだったな……」

一応、樹里は王妃という立場なのだが、トリスタンは樹里を気安く呼び捨てにした。変わった男だったと樹里は苦笑した。


トリスタンが帰国したという話はあっという間に広まった。皆が最後にお別れの挨拶をしたかったと嘆くほど、トリスタンは人気者になっていた。厨房《ちゅうぼう》で働く料理人は芋剝《いもむ》きする奴がいなくなったとしょげるし、使用人の女性の中にはトリスタンに恋心を抱いた者もいたらしく、罪な奴だと噂されている。

だがそんなトリスタンの話題はラフラン領から送られてきた一報であっという間に消えた。ラフラン領ではケルト族の女や子どもが暴れているという。ガルダの情報は正しかったのだ。

「マーリン、俺も行くべきじゃないか？　俺は治癒できる」

緊急に招集された会議で、樹里は居てもたってもいられなくて発言した。騎士団とケルト族で応戦しているが、妖精の剣で魔物を退治できるのはランスロットだけで、敵の数は増えているらしい。母のことも心配だが、それよりも闘っている騎士たちを助けたい気持ちが強くなっていた。

「しかし王妃を危険な場所へ行かせるわけには」

宰相《さいしょう》のダンは渋面《じゅうめん》だ。他にも反対する有力者はいたが、樹里が熱く訴えるとその情熱に押されてしぶしぶ承諾してくれた。

「これ以上、戦力を失うわけにはいかない……。私も行かねばならないようだ。私の分身は早々に倒されてしまった」

マーリンも重い腰を上げた。ランスロットに同行させた分身のマーリンはすでに消滅したらしい。

「まずは少人数で向かい、増援が必要かどうかは向こうで決める」

先発として樹里とマーリン、それに十名の神兵が、明日、ラフラン領へ向かうことになった。神兵は医療に長《た》けた者を選んだ。目的はなるべく多くの人を助けることだ。全貌を把握しようと、マーリンは何羽も鳥を飛ばしている。

樹里は急いで部屋に戻り、母とサンに闘いが始まったことを告げた。母は残していくつもりだったが、悩んだ末に連れていくことにした。ラフラン領に行ったら、いつ帰れるか分からないからだ。

「危険だけど、母さんも一緒に行こう。ここに残すのは不安だ。サン、お前も来てくれ」

樹里は真剣な面持ちで二人に言った。二人ともすぐに旅の支度を始める。クロも二人に煽《あお》られたのか、すごい勢いで毛づくろいを始めている。母には一人でも多くの事情を知る人が必要だと思い、サンの同行も決意した。今回、樹里たちは闘いに行くわけではない。なるべく安全な道を選んで進むつもりだ。

ラフラン領へ向かうために、こまごまとした仕事を先にすませようと、樹里は神殿へ急いだ。石造りの廊下を足早に進んでいた時——慌ただしい足音が聞こえてきた。

「樹里様！　樹里様、ここにいらしたのですか！」

「早く！　どうか、お助けを——」

神兵二人が泡を食ったように駆けてくる。樹里がびっくりして立ち止まると、地下牢《ちかろう》へと引っ張られる。

「何があったんだ？」

ただ事ではない様子に樹里も駆け足になった。地下牢へ続く階段を下りている最中、神兵の怒鳴り声と悲鳴が聞こえてくる。

「じ、実は……ガルダが瀕死《ひんし》の状態で……、そのう、神兵の一人が奴を剣で……」

神兵は言いにくそうに話す。地下牢に辿り着いた樹里は、ぎくりと足を止めた。牢の中でガルダが血を流して倒れていた。傍には神兵に取り押さえられた一人の神兵がいる。以前ガルダがいつ処刑されるのかと詰問してきた男だ。何があったかは一目瞭然《いちもくりょうぜん》だった。

「俺は悪くない……っ‼　そいつがすべて悪いんだ‼　そいつが俺を煽るから！」

神兵が喚いている。格子越《こうしご》しに剣で突き刺したらしく、血で濡れた剣が床に落ちている。

「大変だ、すぐに牢を開けてくれ！　俺が治す！」

ガルダをこのまま死なせるわけにはいかない。ガルダのおかげで貴重な情報が得られたのだ。

樹里が叫ぶと、神兵がおろおろしながら牢の鍵を開けた。樹里はすぐさま牢に入り、ぐったりしているガルダを抱き起こした。ガルダは痙攣《けいれん》していて、危険な状態だった。

「しっかりしろ！　今、助けるから――」

樹里はガルダの身体に涙を落とした。血の臭いと裂けた肉、涙はすぐに頬を伝って、瀕死のガルダに落ちた。間に合ってくれと願いながらガルダを凝視する。その青い唇に徐々に色が戻ってきた。

「樹里……さ、ま」

ガルダの瞳の焦点が合い、樹里を見つめる。ガルダの切り裂かれた肉は修復され、血は止まった。よかった、と樹里が安堵しかけた瞬間――世界が反転した。

「な、ぐ……っ、う！」

何が起きたかすぐには分からなかった。気づいたら床に押し倒されていて、ガルダに伸し掛かられていた。息苦しくて、思考が定まらない。自分の身体に覆い被さったガルダに首を絞められていた。

「どうかお赦《ゆる》しを――」

かすれた声で言うと、ガルダはいきなり樹里の唇にかぶりついてきた。ガルダからキスをされている？　と頭が真っ白になった矢先——口の中に何かが入ってきた。

「グ……っ、あ、が……っ‼」

樹里は懸命に抵抗して押さえつけるガルダを蹴り上げようとした。だがすごい力で押さえ込まれ、何もできない。口の中のものは、おそらくガルダの中にいたものだ。それが樹里の中に移動しようとしている。呑み込んではいけないと分かっているのに、絞められていた首からガルダの手が離れたとたん、無意識のうちに息を吸い込んでしまった。

蛇のように長いものが、咽《のど》の奥に落ちていく。

「何をした、貴様！」

異変に気づいた神兵が牢の外で騒ぎだす。ガルダは素早く牢を飛び出すと、落ちていた剣を拾い上げ神兵を斬りつけた。怒号が沸き、他の神兵がガルダを取り囲む。

「うぐ……っ、げぇ……っ」

樹里は自由になると、呑み込んだものを吐き出そうと必死に咽を掻きむしった。けれどそれは叶わず、腹の底に落ちていく。まずい、やばい。とんでもないことが起きている、と樹里は涙目になって吐瀉《としゃ》しようと懸命になった。だが、どうしようもない。

「あ、あ、あ……っ」

樹里は突然襲いかかってきた激痛にのたうち回った。腹の中で何かが暴れている——それは失神しそうなほど強烈な痛みだった。苦しくて痛くて息さえまともにできない。誰か助けてくれと樹里は悶絶《もんぜつ》した。

「逃げるぞ！　追え！」

牢の外では神兵を二人斬りつけたガルダが、階段を駆け上がっていく。神兵の一人は樹里の名を呼びながら樹里を抱きかかえ、牢の外に出してくれる。触れられると痛みがより激しくなり、樹里は絶叫した。これは——おそらくモルガンの作った魔物だ。ランスロットを長い間苦しめていたもの、ケルト族の男たちを苦しめていたものが、自分の中に、いる。

「何事だ⁉」

騒ぎを聞きつけたマーリンが地下牢に現れた時、樹里はあまりの痛みに意識を失う寸前だった。マーリンは地下牢の廊下に点々と転がっている神兵の遺体に、血相を変えた。

「マーリン様、樹里様が！」

樹里を運び出した神兵が悲痛な声を上げる。ようやく腹の中にいた魔物が動きを止め、樹里は少しだけ正気に戻ることができた。全身、脂汗でびっしょりだ。こんな激痛にランスロットは耐えていたのか。

「ガルダめ……っ、やはり企んでいたか。私は遺体安置所に行く！　神兵、樹里を安全な場所へ運んでくれ！」

マーリンは一瞬で状況を察し、慌ただしく出ていった。ガルダの狙いはアーサーの遺体の破壊だったのか——樹里はうつろな目で宙を見た。罪を悔いて投降したというのは嘘だったのか。痛みと裏切られたという悔しさで涙があふれ出た。どうしてガルダは何度も自分たちを騙《だま》すのだろう。

激痛が少し治まり、樹里は神兵の手に助けられて立ち上がった。魔物は暴れなければ痛みは治まる。今のうちに斬られた神兵を治そうと、倒れている神兵に近づいた。

すでに流れている涙を、神兵に落とす。

「……え？」

樹里は息を吞んだ。

傷ついた神兵が、治らない――。

「樹里様、どうして……」

横で見ていた神兵も驚きを隠せない。いつもなら樹里の涙で怪我《けが》は治る。現についさきほどガルダは瀕死の状態から生き返ったのだ。だが、何度涙を落としても、神兵の怪我を治癒できない。

「まさか、先ほど奴が飲ませたものが……っ」

近くで一部始終を見ていた神兵が叫んだ。樹里は真っ青になって、自分の腹部を押さえた。何故ガルダが樹里にあんな真似をしたのか、ようやく分かったのだ。牢から魔術を使わずに外に出る方法を考えた時、ガルダは一つの手を思いついた。神兵の怒りをわざと煽り怪我をさせるよう仕向け、樹里が助けに来るのを待つのだ。目的は樹里に魔物を埋め込むことだったのかもしれない。樹里から――治癒の力を奪うために。

「そんな……」

誰も助けられない――。これからランスロットを助けに行くのに、その力を奪われてしまった。

絶望的な思いに支配されそうになった時、咆哮《ほうこう》を上げて駆けてきたのはクロだった。クロは樹里の前に雄々しい身体をさらすと、乗れというように金色の目を光らせる。そうだ、絶望している場合じゃない。ガルダを止めなければ。アーサーの遺体を破壊されるわけにはいかない。

「看護班を呼べ！　傷口を圧迫して、血を止めるんだ！」

樹里は立ち上がり、その場にいた神兵に応急処置を頼んだ。そして自分はクロの背に跨《また》がる。クロは毛を逆立て、風のような速さで走りだした。

「遺体安置所に急いで！」

樹里が叫ぶと、頼もしい咆哮が戻ってくる。どうか魔物が暴れませんようにと願いながら、樹里は遺体安置所を目指した。


クロはすごい勢いで駆けた。遺体安置所は神殿の地下にあり、先ほどまでいた地下牢とは反対側に位置する。途中で倒れている神兵を数名見かけた。ガルダに容赦なく斬られたのだろう。ガルダがそれほど剣を使えたとは知らなかった。何か魔術を使ったのかもしれない。神兵たちから抵抗した様子は窺《うかが》えない。

角を曲がって遺体安置所のある廊下に出ると、マーリンが扉を確認していた。

「マーリン！」

樹里が大声を上げると、マーリンはハッとしたように振り返った。マーリンは困惑している。

「扉は開けられていなかった。というか、ガルダが来た様子がない。気になる痕が残ってはいるが……」

マーリンは杖で扉をなぞりながら呟く。扉は開けられていない……？

「どういうことだ？　ひょっとして——ガルダの狙いは別？」

樹里はマーリンと目を合わせた。その瞬間、同時に思いつくことがあった。

——仮死状態にしたジュリの棺《ひつぎ》が置かれているのは、王宮だ。

「そうか！　奴の狙いはジュリか！」

マーリンは己を悔いるように叫ぶと走りだした。マーリンも樹里もアーサーのことばかり考えていたので、ガルダがジュリを取り戻しに来たなどと思いもしなかったのだ。

「うかつだった、急がねば」

マーリンと共に樹里もクロを走らせた。ガルダがモルガンを裏切っていなかったとすると、ジュリを取り戻せと命じたのはモルガンだろう。裏切ったふりをして捕まり、機会を狙っていた。そして警備が手薄になったこの時機を狙って、行動を開始したのだ。

「マーリン、まずいことになった！　俺の治癒力が失われた！」

樹里は後ろを走るマーリンに、怒鳴るように言った。

「何……っ⁉」

マーリンはクロを止まらせると、険しい形相で樹里の腹を凝視する。何か視えたらしい。舌打ちして、憎々しげに前方を睨む。

「魔物だ、ガルダの中にいたのか……。クソッ、身体の中身まで検分するべきだった！　いや、私には視えないよう術を施していたのかもしれない……、モルガンめ、そこまでするとは……!!」

神殿を出て、樹里たちは王宮に駆け込んだ。ジュリの遺体は地下にある武器倉庫の近くの部屋だ。マーリンが封印を施しているが、アーサーの遺体安置所と違い、簡単な封印魔法だ。

悲鳴が聞こえてくる。立ち止まって声の聞こえた方向を見ると、渡り廊下を逃げてくる使用人の女性が見えた。

「お助けを！」

樹里たちが駆けつけると、使用人の女性は奥の階段を指差して賊がいると訴える。

「ガルダだ！」

「捕まえろ！」

騎士たちの声も聞こえてきた。樹里とマーリンは急いで方向転換した。踊り場で、ガルダが布で覆われた大きな荷物を背負ったまま剣を振り回している。騎士の一人がガルダに剣を振り下ろしたが、刃が大きな荷物に当たったとたん、弾き飛ばされる。大きな荷物はジュリに違いない――。ジュリの身体は仮死状態にした後も傷つけることはできなかった。

「ガルダ！」

樹里は怒りを堪えきれずに、叫んだ。ガルダが振り返り、樹里とマーリンをつらそうに見る。

「逃がすわけにはいかぬ」

マーリンは杖を取り出し、低い声で歌い始めた。とたんにガルダは懐《ふところ》に手を入れ、何かを取り出して床に投げつけた。

「うわっ、何だこれ！」

「煙だ！　吸うな！」

辺り一面が黒煙に覆われた。ガルダの投げたものは煙幕を張るものだったのだろう。樹里は咳き込んでクロから下りた。クロは煙を恐れるようにその場を離れる。

「ガルダはどこだ⁉」

マーリンは煙を風で流しながら叫んだ。ガルダの姿が目の前から消えている。騎士たちと急いで探すと、ガルダが回廊を駆けていた。

「あそこだ！」

樹里は口を手で覆いながら後を追った。ガルダはジュリという重い荷物を持っているわりに、俊敏に動いている。

「行かせるか！」

マーリンは杖を振りかざし、早口で呪文を唱えた。すると回廊の壁に置かれていたカンテラの火が生き物のように動きだし、ガルダの衣服に火をつける。火は転々と燃え移り、ガルダが必死にそれを消してゆく。

「今だ、捕まえろ！」

騎士たちがガルダに飛びかかる。

その時、突然、獣の甲高い鳴き声が響き渡った。聞いたことのないものだ。城の外から肌がびりびりするような恐ろしい鳴き声がする。何事かと思った瞬間、窓の外を巨大な黒い影が横切った。翼竜だった。炎を噴きながら城の周囲を旋回している。

「まずいぞ！」

騎士の一人が叫んだのと同時に、窓から炎が襲ってきた。樹里たちはとっさに床に身を伏せ、炎を躱《かわ》した。急いで顔を上げると、ガルダがジュリを背負ったまま窓によじ登っている。

「あの翼竜で逃げる気か！」

マーリンは激しい勢いで杖を振り上げた。ガルダの身体が風で室内に押し戻されるように揺れる。翼竜はぐるりと城の周囲を飛び、ガルダのいる窓に近づこうとしている。このままではまずい、と樹里が青ざめた刹那《せつな》、樹里の肩を押しのける手があった。

「駄目よ！　ガルダ、それを持っていっては駄目！」

甲高い女性の声がして、樹里は言葉を失った。母が、ガルダを見据えていた。母の声にガルダは弾かれたように振り返った。

「か、母さん、どうして——部屋にいなきゃ」

樹里が焦っても、母は知らんぷりでガルダに近づく。

「お願い、それはしてはいけないこと。駄目よ、ガルダ」

母はガルダの目をじっと見つめ、ゆっくりと歩を進める。ガルダは悲壮な顔つきで母を凝視していたが、翼竜が窓に近づいてくると母を振り切るように身体を傾けた。

「――私は駄目だと言っている‼」

ガルダが空中に踏み出そうとした瞬間、母が震え上がるような苛立った声で叫んだ。ガルダはその声に金縛りに遭ったように動かなくなった。翼竜はその場に留まったが、ガルダを見やり、再び空を旋回する。

「母さん……？」

樹里は固唾《かたず》を呑んで二人を見守った。金髪に染めていた母の髪が、みるみるうちに黒くなり、するすると伸びていく。呆気にとられる樹里の前で、母の黒髪が床につくほどに伸びた。

ヴェールが取り払われ、母の素顔が周囲の目にさらされた。

「お、おい、あれ……モルガンじゃないか？」

騎士の一人が怯《おび》えたように言った。とたんに他の者もモルガンだと口々に言い始め、場が騒然となった。母の傍にいた騎士たちが、いっせいに距離をとって剣を構える。まずい、と慄《おのの》く樹里の前で、母はガルダの前に立った。

「は、母上……、母上……」

ガルダは金縛りに遭ったまま、母を食い入るように見つめる。

「しかしジュリを連れていかねば……私が殺される……、ああ、母上……私の身体には時限式の毒が」

ガルダはうわごとのように繰り返し、涙を流した。ガルダの腕からずるりと布にくるまれた大きな荷物が床に落ちる。布がずれ、ジュリの身体が床に転がり出る。騎士たちがどよめいて、さ

らに後ずさる。

「ガルダ、手を」

母はガルダの手を掴もうとしたが、それよりも早く、ガルダの身体が何者かによって外側に引っ張られた。ガルダは目を開けたまま悲鳴を上げることもなく、落下していった。樹里はショックを受け、窓に駆け寄った。同じようにマーリンも窓の外を覗き込む。

地面にガルダの身体が横たわっていた。後頭部から血を流し、息をしているようには見えない。空を旋回していた翼竜は、ガルダを見限ったように遠くの空へ消えていった。

「やられたな……」

マーリンは悔しそうに歯ぎしりをする。だがジュリを奪われることは阻止できた。早くジュリを棺に戻さなければ、と顔を上げたとたん、剣を構えている騎士たちの姿が目に入った。

「樹里様！　そこをどいて下さい！」

騎士たちは母を見据えてじりじりと迫ってくる。剣を向けられ、母は怯えたように後退した。変装は解かれ、母はどこからどう見てもモルガンだ。この場をどうすれば切り抜けられるのかと樹里は焦った。

『クロ、頼む！』

樹里は小声で命じた。するとクロが風のように騎士の間をすり抜け、母の前に躍り出た。母は訳が分からないという顔ながらも、クロに飛び乗る。クロは母を乗せて、猛スピードで回廊を駆け抜けた。

「モルガンが逃げるぞ！」

「何故神獣が⁉　また操られているのか⁉」

騎士たちは口々に叫び、クロと母を追っていく。

まずいことになった。クロに追いつく神兵がいないことを樹里は祈るしかなかった。


樹里はマーリンと共にガルダが落ちた場所へ向かった。ガルダの遺体の周囲にはすでに人垣ができていた。クロはうまいこと逃げてくれているようで、今のところ母を捕らえたという報告はない。本音を言えば今すぐ母の元へ行きたかったが、騎士たちの手前それはできなかった。

「樹里様、マーリン殿、これは一体……？」

知らせを受けたダンが、血を流して絶命しているガルダを見下ろした。ガルダは口元に泡がついていて、毒殺の兆候が見られるとマーリンは言う。モルガンはどこからかガルダを監視していたのだろうか？　だから裏切りそうになった瞬間、毒を放ったのか？

「ダン殿、いろいろまずい状況です。樹里がガルダによって魔物を埋め込まれ……」

マーリンはダンに説明している途中で、突然、大きく身体をわななかせた。

「待て、あの痕跡は……⁉　そうだ、あれは私ではない」

マーリンは独り言を口走ると、真っ青になって走りだした。

「マーリン殿!?」

「どうしたんだ!?」

ダンと樹里が慌てて追いかける。マーリンは不明の言葉を発している。そして髪をぐしゃぐしゃにかき乱す。マーリンが一体何にそれほど自分を見失っているのか分からなくて、樹里はダンと顔を見合わせた。だが、何かよほどのことが起きたのは分かる。

「アーサー王が……っ、アーサー王が……っ」

マーリンは呻《うめ》きながら、走り続けている。アーサーの遺体に何か起きたというのだろうか？

けれどガルダはあの部屋の扉を開けていないはずだ。

マーリンは神殿の遺体安置所に着くと、扉に杖を突きつけた。

「やはり、やはりだ……!! この封印は私のものではない、巧妙に私の術を模しているが、私のかけた魔術ではない……!! おおお……っ！」

マーリンは雷に打たれたように絶叫した。

「ど、どういうこと、だ？」

樹里は怖気《おぞけ》だった。マーリンはショックのあまり、倒れそうだった。けれど確認しなければならないと思ったのだろう。よろめきながら扉にかけた封印を解き始めた。封印を解くのには一時間ほど必要だった。

「誰かが……これをやったっていうのか？」

扉が重々しい音を立てて開き始めると、樹里は乾いた唇を舐《な》めながら尋ねた。マーリンはもはや言葉もない。血の気を失った顔で中に入り、棺に杖をコツコツと当てる。マーリンは棺に手をかけ、畏《おそ》れるようにそれを開けた。

棺にも当然術がかかっていたが、それは十五分ほどで解かれた。

「あ、あああ……」

覗いた瞬間、マーリンがその場に膝から崩れ落ちる。続いて確認した樹里も、ショックのあまり悲鳴を上げた。背後にいたダンが樹里を支える。

「何と……!!　アーサー王が!!」

アーサーの石化した遺体は、胴体が破壊されていた。顔は生前のまま美しく残っていたが、胸から腰にかけて、粉々に砕けている。その原因はすぐに分かった。

——エクスカリバーが、ない。

「そんな……、そんな……」

樹里はへたり込んだ。頭が真っ白で、何も考えられなかった。あれほど大事に守ってきたアーサーが、破壊されてしまった。誰が？　どうやって？　そう考えた瞬間、別れの挨拶をしたトリスタンの姿が脳裏に蘇った。

——トリスタンは、布にくるまれた長い棒みたいなものを背負っていた。

「トリスタン……!!」

樹里はマーリンに向かって声を張り上げた。マーリンはすでに予測をしていたらしい。樹里の叫びにも応《こた》えず、うなだれている。

「トリスタン殿が⁉　彼《か》の者《もの》がアーサー王の遺体を破壊し、宝剣を持ち去ったというのですか？　何故そんな真似を……⁉」

ダンはわなわなとして拳《こぶし》を握った。

「分からない、でも……あいつが別れを告げた時、荷物の中に剣らしきものがあったんだ。今思えば、だけど……。畜生！　どうしてあの時、それは何かと尋ねなかったんだろう‼」

樹里は悔しくて涙を滲ませた。あれほど必死に守り続けたものが、実はすでに破壊されていたなんて。

マーリンも樹里も、この扉を開けられる魔術師はモルガンしかいないと思っていた。盲点だった。もう一人、高度な魔術を扱える魔術師はいたのだ。トリスタンは人の好い笑顔で自分たちを騙していたのだろうか。いつも助けてくれたから、いい奴だと信じ切っていた。こんなひどい真似をするなんて思いもしなかった。第一エクスカリバーはアーサーにしか使えない剣だ。それでもトリスタンは剣を望んだのか。エストラーダの王がそれを望んだのだろうか――。

『褒美はもうもらったし』

トリスタンの邪気のない笑みが蘇る。思い返せばいくつもヒントはあった。気づかない己が腹立たしくて、情けなかった。

「う……」

トリスタンの言葉を思い返すうちにひどい腹痛に襲われた。樹里は腹を押さえて呻き声を漏らした。腹の中にいる魔物が再び暴れ始めたのだ。耐えがたい痛みに、樹里は床に倒れた。

「樹里様！　大丈夫ですか、しっかり！」

ダンが樹里の異変に気づいて屈《かが》み込《こ》む。吐き気を催し、樹里は浅い息を繰り返す。魔物に内臓を刃物で刺されているようだ。断続的に起きる痛みに、声が漏れる。あまりの苦痛に何も考えられなくなる。痛い、痛い、痛い——。

「樹里様！」

ダンの声が遠くなり、樹里の意識は途切れた。


目覚めた時には自分の寝台に寝かされていた。薄く目を開けるとサンが気づいて泣きながら覗き込んでくる。

「樹里様、よかった！　先ほどマーリン様が薬湯を持ってきてくれたんです！　マーリン様、樹里様の意識が戻りました！」

サンは安堵して隣の部屋へばたばたと駆けていく。サンに連れられてマーリンが姿を現した。その顔は暗くどんよりとしていて、生気がなかった。意識を失う前の出来事を思い返し、樹里も鬱々《うつうつ》とした気分になった。

「……薬湯は三日分しかない」

マーリンがぼそりと呟いた。

「薬湯……？　ああ、もしかしてこれって……」

樹里は寝台から身を起こし、腹の辺りに手を当てた。あれほどひどかった痛みは、今はまったくない。薬湯と言っていたが――トリスタンが分けてくれた薬草を煎じたものだろうか。

樹里は同情的な眼差しでマーリンを見た。敬愛するアーサーの遺体を破壊した相手からもらった薬草なんて、本当は使いたくなかったに違いない。それでも自分のために煎じてくれたマーリンに感謝の念が湧いた。

「お前の母親が捕まったという報告は今のところない」

マーリンは低い声音で続ける。よかった、クロが母を無事逃がしてくれたのだ。今どこにいるかは分からないが、早く捜しに行かなければ。食料も水も持たずに出ていったのだ。

「僕も城の周囲を捜したのですが、見つかりませんでした」

サンが食事を運んできて言う。

「すぐにでも捜しに行かなきゃ。母さんはこの国のこと、何も分からないんだ」

樹里が寝台から下りると、マーリンが制するように手を伸ばした。

「それよりお前はラフラン領へ向かえ。私も同行する」

部屋を出ようとする樹里を無理やり椅子に座らせ、マーリンがスプーンを握らせる。サンが温かいスープを運んできた。

「ラフラン領？　でも俺、治癒力がなくなったから、行っても足手まといに……」

「違う。魔物を鎮めるためだ。その魔物――ランスロットでも退治できるか分からん」

マーリンはそっけなく言い、樹里の向かいに腰を下ろした。サンが息を呑み、樹里もスープを掬《すく》う手が止まった。

「ど、どういう……？」

今は薬湯で眠りについている魔物が恐ろしくなり、樹里はかすれた声を出した。妖精の剣があれば、魔物は退治できるはずだ。

「ケルト族の者たちは表面上に魔物がいた。だが、お前の中にいる魔物は臓器の中に潜り込んでいる。ランスロット卿とて、見えぬ魔物は斬れぬだろう。厄介なものを埋め込まれた。いや、モルガンのことだ。わざとそうしたのだろう。……お前は薬湯が切れる前にラフラン領に入らなければならない」

マーリンは淡々と事実を告げた。樹里はまるで鉛を呑み込んだように身体が重くなった。どうして自分が——。ガルダのことも母のこともアーサーのことも、いっぺんに起きすぎて、頭の整理がつかない。

「明日の朝、王都を出る。神兵たちには、すでに用意させている。明朝、吊り橋へ来い」

絶句している樹里から目を逸らし、マーリンは立ち上がった。そのまま部屋を出ていく。樹里はサンと、しばし見つめ合った。

「アーサー王の遺体が破壊されたって聞きました……。樹里様、気を落とさないで下さいね」

サンは樹里を気遣い、手を握ってくる。分かっていると答えて、再びスープを口に運ぶ。食欲はなかったが、無理して食べた。アーサーはもう蘇らない。希望は失われた。樹里だけでなくキャメロットのすべての民の願いが。そう思うたびに、悲しみでいっぱいになる。だが、それだけではない。これほど悲しいのは、トリスタンのせいだ。

トリスタンを信用していたから、裏切られてショックなのだ。

「あれ以上に悲しいことなんてないと思っていたのに……」

樹里は目尻に浮かんだ涙を拭いながらパンを齧《かじ》った。アーサーが死んだ時、これ以上の悲しみはもうないと思っていた。それなのに今、樹里は新たな悲しみに胸が押し潰されそうだ。母の行方も分からない。騎士や神兵に見つかったら確実に殺されてしまうだろう。

(ランスロットに会いたい)

どうしてここにランスロットがいないのだろうと涙があふれた。ランスロットに会って、この悲しみを癒してほしかった。一緒に苦しみを分かち合いたかった。力強い腕で抱きしめてほしかった。

こんなことなら、アーサーが蘇る可能性なんて知りたくなかった。妖精王にまで怒りが湧いてくる。

(今の俺、ぐちゃぐちゃだ。ランスロット、会いたいよ)

泣きながら食事している樹里に、サンがもらい泣きしている。それを申し訳なく思いながら、樹里はひたすら腹に物を詰め込んだ。

6 ラフランへ

To Lafran

一晩寝たら涙は止まった。頭の中はまだ整理がつかないが、気持ちを切り替えるしかない。母が捕まったという報告は未《いま》だない。クロは上手く隠れているようだ。

旅の準備を終えてマントを羽織り、部屋を出ると、ダンが待っていた。ダンは廊下を歩きながら、ガルダの遺体を罪人用の墓地に埋葬したと教えてくれた。

「ガルダの行為は到底許されることではありませんが、神官時代はとても評判のよい神官長だったのですよ。何故モルガンに与《くみ》してしまったのか……」

ダンは嘆かわしげに首を振った。ガルダがモルガンの息子だという事実は、樹里《じゅり》たちしか知らない。ダンからすれば理解しがたい変貌だろう。

「アーサー王のことはごく限られた者しか知りません。口惜しいですが、ガルダに関しては処刑をどうすべきか悩んでいた我らにとって、神の思《おぼ》し召《め》しだったと思うほかありませんな。現場に居合わせた騎士の話では、ガルダには時限式の毒が埋め込まれていたとか。モルガンは自分の手駒すら平気で殺す……」

ダンは樹里を王宮の吊り橋まで見送ってくれた。サンは荷物を背負って後ろからついてくる。

「時に、モルガン――いえ、モルガンそっくりの女は……」

吊り橋の手前でダンは立ち止まり、鋭い眼光で樹里を見据えた。絶対に聞かれると思っていたので、樹里はごくりと唾を呑み込んだ。

「あれはモルガンじゃないよ」

樹里は信じてもらえるかどうか分からなかったが、誠意を込めて言った。

「……騎士たちはモルガンだと騒いでおりましたが、総合的に判断すると、モルガンではないと私も思います。その女はガルダの逃亡を止め、その場にいた騎士たちには怪我《けが》一つ負わせていない。左目の傷もなかった。それにモルガンならば入れないはずの王宮にいた――しかし、瓜二つの女が存在するなど、にわかには信じられません」

ダンは深い推察力で判断している。

「とはいえ、すでに前例があります。樹里様とジュリ――これほどよく似た二人がいる以上、モルガンそっくりの女がいても不思議はない。……樹里様、あなたはその理由をご存じなのでしょう？　あなたが侍女として連れていたあの女性について……話していただけませんか？」

ダンに静かに問われ、樹里は鼓動が跳ね上がった。ダンは樹里たちの秘密に勘づいている。ダンに嘘をつき通すことは難しい。

「時機がきたら、真実を話すよ。それまで待ってほしい。あの人は本当にモルガンじゃないんだ。モルガンに命を狙われているんだ」

樹里はダンの手を握り、熱く語った。ダンは何か言いたげに目を細めたが、ふっと肩の力を抜いた。

「分かりました。その時を待ちましょう。お気をつけて、樹里様。早く魔物を退治できますよう」

ダンは樹里の手を握り返した。樹里も頷いた。母の行方は分からないが、クロは樹里の匂いをよく知っている。樹里の匂いを辿って、ラフラン領へ向かってくれるはずだと信じていた。

吊り橋の前にはマーリンと神兵が待っていた。他にも大神官や見知った顔が見送りに来てくれている。

アーサーの遺体が破壊されたことは、秘密だ。棺《ひつぎ》を元に戻し、扉を封印し、一般の人には知らせないでおく。アーサー王復活に希望を抱く民の心を絶望に曇らせたくなかったからだ。

アーサーのことは一晩寝たら、少し諦《あきら》めがついた。それが樹里の正直な気持ちだ。もちろん悲しいし、たとえ会えなくてもいつか生き返ってくれたらという想いはあった。けれどももともと生きているうちには会えないと言われていたせいか、もうしょうがないんだという諦めの境地に至った。

これまでアーサーの遺体があることによって、行動が制限されていた。マーリンは遺体を守るため傍から離れられなくなったし、多大な犠牲も出した。けれどもうその必要はなくなった。現にこうしてマーリンは自らラフラン領へ向かう隊に加わっている。ラフラン領ではすでにモルガンの攻撃が始まっている。その場に高位の魔術師がいるかいないかは大きな違いだろう。

アーサーはもう死んでいるのだ。死者は蘇らない。

今度こそ前向きに生きようと樹里は決意した。

「行こう、ラフラン領へ」

樹里は馬の手綱を引き、ラフラン領の方角へ目を向けた。


王都を朝早く出発し、樹里たちは馬で街道を駆けた。樹里は慣れない乗馬に手こずりながらも、隊の真ん中を走っていた。神兵十名は前後に配置されている。マーリンが先頭を走り、サンはその背中にしがみついている。

昼時に小川の傍で休憩を取り、馬に水を与えた。マーリンは空を旋回していた白い鳥を腕に留め、情報を得ている。

「まずいな。ケルト族の女子ども以外に、腐った獣まで現れて、ラフラン領を汚しまくっているようだ。数が多くて対処できない、と書いてある」

マーリンの情報は、樹里を憂鬱《ゆううつ》にさせた。

「マーリン、白い蛇を作って魔物を退治できないのか？」

樹里が思いついて言うと、マーリンは渋い表情で首を振った。

「鉱物で白い蛇を作ることはできるが、奴らには知性がない。魔物だけでなく、ケルトの女子どもも喰らってしまうだろう。ケルトの女子どもを全滅させてもいいというなら、できるが……。

ランスロット卿はなるべく多くのケルトの女子どもを救おうとするだろうからな」

いい案だと思ったのに、都合よくはいかないようだ。

「だが念のためにと鉱物は持ってきている。ケルトの女子どもがいなくなったら、白い蛇を作り魔物を消滅させよう。少し急ごう。怪我人も多く出ているようだ」

マーリンは神兵に号令をかけ、すぐ出発すると告げた。

樹里はおやと首をかしげた。昨夜はこの世の終わりという顔をしていたマーリンだが、今朝はいつものマーリンに戻っていたのだ。アーサーの遺体が破壊されて、また自暴自棄になるのではないかと不安だったが、杞憂《きゆう》だったようだ。

「マーリン、あの……大丈夫なのか？」

樹里はマーリンに歩み寄った。

「何が。アーサー王のことなら、もういい。かなりショックは受けたがな、今は仕方ないと分かった」

マーリンは自嘲気味に笑った。ますます違和感を覚えて、樹里は顔を覗き込んだ。トリスタンを殺す、エストラーダへ行くと言いだすのではないかと思っていたのに。無論とっくに国に帰ってしまったトリスタンを追うのは不可能だと樹里も分かっているが、それにしても解《げ》せない。エストラーダに戦争を仕掛けようと言うほうがマーリンらしいのに。

「熱でもあるのか？」

樹里は気になってマーリンの額に触れた。平熱だ。

「何だ、気持ち悪い」

マーリンに嫌そうに手を払われ、樹里は気にしつつ馬に跨《また》がった。落ち着いているマーリンなんて気味が悪いが、ここでトリスタンへの復讐《ふくしゅう》に走られても困るので、これ以上は突っ込まないことにする。

隊は再び街道を駆けた。その日は獣や盗賊に出会うこともなく日暮れまで走り続けた。川の傍で野営を張り、サンが夕食の準備を始める。神兵たちは火を熾《おこ》し、馬に草を与えている。

「樹里、ちょっと来い」

マーリンは樹里を顎《あご》でしゃくり、茂みのほうに連れていった。何事かと緊張していると、崖近くにある大小の洞窟《どうくつ》が連なる場所へやってきた。

「……」

樹里たちが砂利を踏む足音を聞きつけたのか、洞窟の一つからひょっこりと顔を出した者がいた。母だ。その後ろからクロが顔を出す。

「母さん！　クロ！」

樹里は顔をほころばせて、母とクロに駆け寄った。母のスカートはぼろぼろに破け、サンダルの紐《ひも》も擦り切れている。あちこち逃げ回ったのだろう。唇はかさつき、手足に乾いた泥がこびりついている。けれど元気そうだ。

「樹里……っ、マーリンっ」

母が涙ぐんで洞窟から飛び出してくる。

「よかった、無事だったんだな！　マーリン、どうやって？」

樹里は母を抱きしめ、目を輝かせてマーリンを見た。憂いの一つが消えて、嬉しくて涙が出た。

「鳥を使って神獣がいる方向を確かめていた。この洞窟の辺りにいると分かったので、あそこに野営を決めたのだ。神獣のことだ、樹里の匂いを辿って近くに来ると思ったのでな」

マーリンは麻袋を取り出し、母に食料を渡す。

「助かるわぁ。そこに川があるんだけど、魚が捕れないのよ！　クロは小動物をとってきてくれるんだけど、火の熾し方も分かんないし、肉なんて生じゃ食べられないし、木の実だってどれ食べていいか分かんないし！　それに夜になったら真っ暗じゃない！　月が二つもあるくせにどうしてよ⁉」

母は干《ほ》し芋《いも》を美味しそうに齧《かじ》りながら文句を言っている。都会育ちの母に、サバイバルは無理だったようだ。ここで会えてよかったと樹里は安堵で胸を撫で下ろした。

「ねぇ、ガルダ……どうなった？」

二つ目の干し芋を頬張りながら、母が不安そうに聞く。樹里が黙ってうつむくと、母の顔も暗くなった。

「そうか……あの高さだものね……」

母は落下が原因で死んだと思っているようなので、毒殺だったと教える。だが、樹里にはそれよりも気になることがある。

「あの時、母さん、魔術を使ったのか？」

ガルダを止めた時、母は普通じゃなかった。そうでなければガルダが金縛りに遭うはずがない。金髪に染めた髪は黒くなった上に、肩からいっきに床につくほど伸びた。

「分からない。何か、ぐわーっとなったことしか覚えてないわ。それよりごめんね。ガルダが逃亡したって騒ぎが聞こえてきたから、つい部屋を飛び出しちゃったの。あんたの立場悪くなってない？」

モルガンだと騒がれて、母は意気消沈している。ようやく自分の立場がいかに危険なものか理解したのだろう。

「俺は大丈夫。それより母さん、俺たちラフラン領へ行くから、母さんも一緒に行こう。妖精王に頼んでどうにかしてもらうしかないよ」

クロの背中を撫で、樹里は唇を噛みしめた。

「そうだな、神獣、お前は隊から少し離れてついてこい。神兵に彼女を見られたらまずいからな」

マーリンに指示され、クロは神妙なそぶりで頭を下げる。マーリンはマントと水の入った筒を母に手渡す。

「ラフラン領は今、モルガンの攻撃を受けている。モルガン本人もどこかにいるだろう。くれぐれも遭遇しないよう注意しろ」

マーリンに言い含められ、母はうんうんと頷いた。このままずっと母といたかったが、あまり隊を離れていたら心配した神兵に捜索されてしまう。名残惜《なごりお》しいが母とは別れ、隊に戻った。

「母さんは無事だったよ」

食事の時にこっそりサンに教えると、自分のことのように喜んでくれた。サンは母を慕っているのだ。ラフラン領に入り、妖精王に母を頼むとはいっても、うまく妖精王に会えるかも分からないし、会えたとしても樹里の願いを聞き届けてくれるかどうか分からない。ラフラン領が穢《けが》されていくのを妖精王は止めないのだろうか。一体向こうはどうなっているのだろう。

尽きぬ心配と、久しぶりの野営で、その夜はなかなか寝つけなかった。幸い、寝る前に飲んだ薬湯が効いていて、魔物は静かにしている。明後日にはラフラン領に入らないと、またひどい痛みに苦しめられるかもしれない。樹里は早く眠りにつこうと目を閉じた。


ラフラン領までの行程は順調だった。乗馬も少しはさまになり、速度を上げられるようになった。王都を経ち、三日目の昼過ぎ、樹里たちはラフラン領へ入った。ラフラン領に入ってすぐ、異変を感じた。

「異臭だ、魔物がいるな」

先頭を走っていたマーリンは杖を手に、顔を歪めた。樹里も鼻を覆った。どこからか腐敗臭がする。そう思った矢先、茂みから黒い影が飛び出してきた。

「樹里様、お下がり下さい！」

神兵たちが剣を抜き、樹里を守るように隊列を組む。黒い影は泥にまみれた四本脚の獣だった。クロと同じくらいの大きさで、目はらんらんと光り、牙を剝き出しにして涎を垂らして襲いかかってくる。

「ギャウ……ッ」

マーリンが杖を向け呪文を唱えると、腐った獣は悲鳴を上げて引っくり返った。すかさずそこへ神兵が剣を突き出す。マーリンが杖を振り下ろすと、獣はじたばたと両脚を動かした。別の神兵が獣の心臓を貫いたが、その動きは止まらない。

「頭を落とせ」

マーリンに言われて神兵が馬から飛び降り、獣の首を切断した。するとやっと獣は息絶え、地面に泥が流れ落ちた。

「ラフラン領に魔物が入るなんて……」

報告を聞いてはいたが、その現実を目の当《ま》たりにするとショックだった。樹里は馬から下りて腐った獣を覗き込んだ。以前は魔物が入れない唯一の場所だったラフラン領が、今や異臭のする悪鬼がはびこる場所になり果てている。

「樹里様！　マーリン様！」

腐った獣から飛び出した蜘蛛《くも》を踏み潰していると、ショーンの声がした。ショーンはランスロットの使用人で、もじゃもじゃ頭にそばかす顔の青年だ。弓矢を背負い武具をつけた格好で現れたショーンは、樹里たちの前に飛び出してきた獣を追っていたらしい。

「倒してくれてありがとうございます。ですが、この獣、焼かないと」

ショーンと一緒にやってきた別の青年も加わり、獣の身体に干し草をのせていく。ショーンは手早く火を熾し、干し草に火をつけた。

「戦況はどうなっている?」

マーリンは急《せ》いた様子でショーンに尋ねた。

「思わしくないです。最初はランスロット様の妖精の剣で、襲いかかってきたケルト族の女や子どもたちを正気に戻せました。けれど三日目が過ぎた頃からこのように腐った獣が少しずつラフラン領に入ってくるようになりました。助けられなかったケルト族の女たちがあちこちで自死して、土地を腐敗させ、汚しているせいです」

獣が炎に焼かれると、土は浄化された。こうして焼かないと、土地を汚す分泌液を流すそうだ。

ショーンにすがるように頼まれ、樹里は胸を痛めた。領主としてランスロットは限界を超えて闘い続けているのだろう。火を消すと、樹里たちは城を目指した。

「樹里様、ランスロット様を休ませてあげて下さい。ランスロット様はこの一週間、ろくに睡眠をとっておりません。魔物を浄化しなければと無理をなさっているのです」

途中、ラフラン湖を通った樹里は、驚いて馬を止めた。

湖が淀《よど》んでいる。それもそのはずだ。湖に死体が浮かんでいる。領民たちがそれを小舟で引き上げようとしているのが遠くに見えた。

「湖で自死して……、クソ……ッ!!」

ショーンが腹立たしげに怒鳴った。ケルト族の女は魔物を埋め込まれ、操られている。初日こそ城を襲ってきたが、ランスロットに阻止されると察したモルガンが、女たちを湖や森に向かわせたに違いない。

湖を見つめていた樹里は、鳥肌が立った。妖精が——いない。以前は美しく清浄な光を放っていたラフラン湖には、妖精がいた。彼らは楽しげに水遊びをしていた。その妖精が、今はどこにもいなかった。

妖精が棲まなくなった土地を、妖精王は守ってくれるのだろうか？

樹里は鼓動が速まって、不安に押し潰されそうになった。ジュリは仮死状態にしたし、ガルダは命を落とした。脅威は減っているはずなのに、今、追い詰められているのは間違いなく自分たちだ。

「妖精王はどうしている？　姿を見せないのか？」

マーリンは湖に顔を向け、眉根を寄せた。

「妖精王は……闘いが始まった頃に我らの元に降りてきました。魔物を焼き払えと命じたのは妖精王です。魔物の死骸《しがい》が土地を穢すから、と。穢れが過ぎると、妖精王は降りてこられないと言っていました」

ショーンは悔しそうにうつむく。妖精王は光の存在だから、魔物がはびこる場所には長居できないのだ。ラフラン領にモルガンが入りづらかったように——。

「マーリン、モルガンはいつやってきてもおかしくないってことだな？」

樹里は馬をマーリンに近づけ、低い声で聞いた。

「その通りだ。行くぞ」

マーリンの声も沈んでいる。すでにラフラン領は穢され、モルガンが入りやすい状態になっている。モルガンとの闘いになるかもしれないのだ。樹里は動揺を押し隠して馬を走らせた。母をラフラン領に連れてきて本当によかったのだろうか？　ランスロットは大丈夫だろうか？

心の乱れが手綱を取る手にも影響していた。樹里を乗せた馬は土埃《つちぼこり》を上げて、ひた走った。


城の手前で騎士団の一行と合流することができた。

「樹里様！　マーリン殿！」

泥だらけのマーハウスが最初に樹里たちに気づき、これから森に向かおうとした騎士たちが方向転換して駆けてきた。甲冑《かっちゅう》を身にまとった十五名ほどの騎士が、馬上で挨拶を交わす。マーハウスの話では騎士団を小隊に分け、各地に現れた魔物を倒すため派遣しているそうだ。ラフラン領は広く、街だけではなく森の奥までケルトの女と魔物を捜しに行っているという。

「樹里様、ランスロット卿をお願いしますよ」

マーハウスがウインクする。口ぶりはいつもの明るいマーハウスだが、汚れたマントや疲労の濃い顔つきに、終わりの見えない戦闘に疲れを感じているのが窺《うかが》えた。

城に怪我人がいると聞き、樹里たちは急いで城門をくぐった。

「ランスロット！」

城の広い庭には、怪我人が幾人も寝かされていた。城内に収まりきらなかったのだろう。騎士やケルトの男たちに加えて、領民もいる。ランスロットは椅子に座り、騎士の一人に指示を出していた。手前には怪我を負ったランスロットを手当てする医師がいた。こめかみから血が流れている。樹里が驚いて馬から飛び降りて駆け寄ると、ランスロットの目が見開かれ、笑顔がこぼれ出た。

「樹里様、来てくれたのですね」

ランスロットは治療中の医師を押しのけ、樹里をきつく抱きしめた。武具をつけているのでランスロットの体温を感じることはできなかったが、ランスロットに会えた喜びで樹里は涙ぐんでしまう。

抱かれていると、ランスロットが満身創痍《まんしんそうい》なのがよく分かった。ランスロットは傷だらけのうえ泥だらけで、疲労困憊《ひろうこんぱい》という感じだ。ろくに睡眠も食事もとっていないのだろう。それでも気力は十分なのか、鬼気迫る空気を漂わせていた。

「ランスロット、ごめん……。俺、お前を治してやれない」

ぼろぼろのランスロットを癒せない自分が情けなくて、樹里は涙目で見上げた。ランスロットは樹里に口づけようとして人目があるのに気づき、涙を指で拭《ぬぐ》ってきた。

「どうなさったのですか？　樹里様……」

「ガルダにしてやられた」

マーリンが馬から下りて、周囲を見回す。マーリンがかいつまんで話すと、ランスロットはぎょっとしたように樹里の肩を摑んだ。

「魔物があなたの中に⁉　すぐにでも、私が……」

ランスロットが妖精の剣に手をかける。

「樹里の中にいる魔物は臓器の奥に入っている。簡単には取り除けまい。ひとまず樹里のことは後だ。樹里が治癒力を使えない分、看護経験のある神兵を集めた」

マーリンが神兵を促す。樹里は神兵たちに「怪我人の手当てを頼む」と命じた。王都から薬草や治療器具を運んできた。サンには母とクロが近くにいるはずだからと、食料を持って捜すよう頼んだ。

「この様子では応援が必要だな。現在の状況は？」

マーリンは動いている騎士と倒れている騎士を見やり、聞く。

「死者五名、重傷者二十三名、残りの動ける者は班に分け、魔物退治に行かせております。奴らはまとまって襲いに来ることはしません。指揮系統はなく、それぞれ勝手に行動しているようでした」

医師が無理やりランスロットを座らせて、こめかみの傷を縫い合わせる。麻酔なしで治療をしているのに、ランスロットは痛みに顔を顰《しか》めることもない。魔物が暴れると失神してしまう樹里とは雲泥の差だ。

マーリンはランスロットから細かく騎士やケルト族の動向を聞くと、馬の手綱をとった。

「急ぎ、王都から援軍を呼ぼう。今日は私が貴様の代わりに指揮を執《と》るから、少し休め。気力だけでは保《も》たぬ。モルガンが現れる可能性が高まったからな」

馬に跨り、マーリンが杖を取り出す。

「しかし……」

ランスロットは腰を浮かしたが、それを樹里は押し留めた。元気な時にモルガンと闘っても勝てるかどうか分からないのに、こんなに疲れ果てた状態で闘えるわけがない。

「ランスロット、命令だ。休め」

樹里が有無を言わせぬ口調で命じると、ランスロットは観念したように頷いた。

医師の治療が終わると、樹里はランスロットの背中を押した。ショーンは「身体を拭《ふ》く湯を持っていきます」とホッとしたように言った。

ランスロットの部屋へ入ると、武具を取り外すのを手伝った。重い甲冑を外し、ショーンが持ってきた湯に布を浸して、ランスロットの汚れた身体を拭く。ランスロットの身体は傷だらけで、まだ血が止まっていない傷もあった。

「ランスロット、これ飲んで」

持ってきた痛み止めを取り出し、ランスロットに手渡した。いくらランスロットが痛みに強いといっても限度がある。自分の世界に戻った時、たくさん薬を用意しておいてよかった。

「嘘のように痛みが引きますね」

しばらくしてランスロットに感心したように言われる。

「では私はこれで」

ショーンは汚れた水の入った桶《おけ》を運んでいった。扉が閉まり、ランスロットが待ちわびたように樹里を抱き寄せた。

「……っ」

少し乱暴な手つきでうなじを引き寄せられ、貪るように唇を吸われた。樹里もランスロットの首に手を回し、ランスロットの唇を吸い返した。漏れる吐息や、熱を帯びた身体に涙が滲《にじ》み出《で》た。傷ついていた心がランスロットと触れ合うことで癒されるようだった。ひどく泣けてきて、ランスロットとキスをしながら頬を濡らした。

「樹里様……」

ランスロットは樹里の細い腰に自身を押しつけ、口内に舌を潜らせてくる。ランスロットの下腹部が形を変えているのが分かり、樹里は赤くなって呼吸を繰り返した。

「少し寝なきゃ……」

激しく唇を求めるランスロットの熱にぼうっとしながら、樹里はかすれた声を上げた。今ランスロットに必要なのは睡眠だ。

「では寝かしつけて下さい……」

興奮した息を耳朶《みみたぶ》に吹きかけ、ランスロットが囁《ささや》く。ランスロットは軽々と樹里を抱き上げると、大股で寝室に入った。寝台に寝かされたと思う間もなく、ランスロットが覆い被さってきて、樹里の首筋をきつく吸う。性急に衣服を脱がされて、樹里は焦った。

「ランスロット、俺、湯浴《ゆあ》みしてなくて」

旅の間は身体を清めるどころではなかった。汗を掻いているし、臭うかもしれないと恥ずかしくなり、樹里はランスロットの胸を押し返した。

「それはお互い様です。どうぞ、樹里様。恥ずかしがらずに、あなたの匂いを嗅《か》がせて下さい」

ランスロットが焦《じ》れたように樹里の耳朶を食《は》む。こんな状況なのに、無性に興奮するのはどうしてだろう。樹里は観念して腕から力を抜いた。

「あ……っ」

ランスロットは樹里の身体を反転させ、敷布にうつぶせにすると、穿《は》いていたズボンを引き摺り下ろした。汚いと言っているのに、ランスロットは躊躇《ちゅうちょ》せず樹里の尻に顔を埋《うず》める。

「待って、それは……、自分でやるから」

尻の穴に舌を這わされて、樹里は真っ赤になって身悶《みもだ》えた。香油で解《ほぐ》してくれればいいのに、興奮したランスロットには通じなくて、腰をしっかりと押さえつけられたまま臀部《でんぶ》を舐《な》められた。

「や、ああ、あ……っ」

羞恥心《しゅうちしん》で目に涙が溜まり、腰を震わせる。ランスロットは強引に尻のすぼみに舌を突っ込み、唾液でそこをどろどろにする。尻の穴を指で広げられ、樹里は息を荒らげた。あられもない場所を舌で辿られ、頭の芯が焼き切れるようだった。

「はぁ……っ、はぁ……っ、あ……っ」

濡れた卑猥な音が、尻に顔を埋めたランスロットの口から漏れる。ランスロットの舌は内壁に潜り込み、得体の知れないぞわぞわとした感覚を樹里にもたらした。樹里は立てた膝が崩れそうになるのを耐えて、荒い呼吸を繰り返した。

「樹里様……」

ようやくランスロットが顔を離してくれた時には、樹里の性器は反り返り、尻の穴はひくついていた。ランスロットの長くて太い指が内部に潜り込み、性器の裏側にあるふっくらしたところを擦ると、甘い声が口から漏れた。

「ここは柔らかく……、男なのに濡れているようです。いやらしい音がしている……」

上擦った声でランスロットが言い、指を激しく動かす。すると尻の奥からぐちゃぐちゃという濡れた音が響き渡った。樹里はカーッと赤くなって、腰を蠢《うごめ》かせた。

「い、言わない、で……っ」

自分のそこが女性のように蜜をあふれさせているのが分かり、樹里は泣きそうな声を上げた。ランスロットが指で尻のすぼみを押し広げる。外気に触れ、ますます尻の穴がひくつく。指ではなく、ランスロットの大きなモノが欲しい。

「ランスロット……、入れ、て」

樹里は肩越しに振り返って、我慢できずに言った。ランスロットの目が情欲に濡れ、すぐさま下肢をくつろげた。そこはすでにはち切れんばかりになっていて、雄々しく反り返っていた。

「樹里様、愛しています」

ランスロットはそう言って、猛《たけ》った性器を尻のすぼみに押しつけてきた。ぐぐ、と怒張した部分が内部にめり込み、ゆっくりと押し進んでくる。狭い穴がランスロットの形を覚えるように広げられていく。

「あ、あ、あ……、あ……っ」

熱くて硬いもので身体の奥を貫かれ、樹里は前のめりになった。ランスロットを受け入れる場所はしとどに濡れていて、難なく奥へと誘う。ランスロットがずんと腰を進めると、深い奥まで犯されて、樹里は仰《の》け反《ぞ》って嬌声《きょうせい》を上げた。

「ひ、ああ……っ」

待ち望んだものを与えられて、呼吸は乱れ、身体は燃えるようだった。ランスロットは上衣を脱いで、全裸になって樹里を背中から抱きしめてくる。

「ああ、とても心地いい……、樹里様、あなたの中は蕩《とろ》けるようです」

耳朶に荒い息を吹きかけ、ランスロットが呻《うめ》くように言う。ランスロットの手が前に回り、乳首を摘まれる。敏感になっていた身体は、ランスロットの愛撫に応《こた》え、いっそう甘く蕩ける。

「はぁ……っ、あ……っ、あ……っ、いい……っ」

両方の乳首をきつく引っ張られ、樹里はぶるりと震えて悶えた。強めに乳首を摘まれているのに、痛みよりも気持ちよさのほうが強かった。乳首をぐりぐりとねじられて、銜《くわ》え込《こ》んでいるランスロットの性器を締めつけてしまう。

「あっあっ、やぁ……っ、それ駄目……っ」

乳首ばかり執拗《しつよう》に弄《いじ》られ、樹里は嬌声を上げて尻を振った。ランスロットは腰を動かしていないのに、銜え込んだ奥が収縮している。尻を振ると甘い電流が身体に走る。ランスロットに激しく突き上げられたくて、涙目で後ろを振り返る。

「樹里様、感じているのですね……。そちらは少し我慢して下さい」

ランスロットは樹里の身体を抱き上げると、あぐらをかいた状態で樹里を膝の中に入れた。そうすると深い奥までランスロットの性器が入ってきて、甲高い声を上げてだらしなく口を開けた。

「ひゃぁ、あぁぁ……っ、はぁ……っ、はぁ……っ」

ランスロットの身体にもたれ、両脚を広げた淫らな格好で喘《あえ》ぐ。ランスロットは樹里の乳首を片方の手で弄りながら、もう片方の手を樹里の性器に絡ませた。

「こんなに濡れて……、可愛らしい……」

ランスロットは濡れた性器を軽く扱《しご》き上《あ》げる。たいして扱いたわけではないのに、とっくに熱くなっていた身体は、先端から白濁した液体を噴き出した。樹里が声にならない声を上げてびくびくと痙攣《けいれん》すると、ランスロットが嬉しそうに樹里の首筋を吸う。

「やぁ……っ、は……っ、はぁ……っ」

樹里は両脚をわななかせた。精液が腹や太もも、ランスロットの手を汚している。ご褒美《ほうび》と言わんばかりにランスロットが腰をゆるく動かす。達したばかりなのに奥を刺激されて、樹里は息が整わなくてつらかった。

「ランスロットぉ……」

顎を上げて荒く息を吐きながら、ランスロットに唇を寄せる。ランスロットはすぐに樹里の唇をふさいだ。唇の周りを舐められ、舌を吸われる。ランスロットは樹里の腰に手を置くと、ゆっくりと自身を引き抜いた。

「あ……っ、はぁ……、はぁ……っ」

大きなものが身体の奥から抜かれて、樹里は息を乱してランスロットを見上げた。ランスロットは樹里の背中を敷布につけ、両脚を胸に押しつけると、正常位で再び怒張した性器を尻の中に押し込んできた。

「ん、ん……っ、はぁ……っ、あぁ……っ」

ずぷずぷと硬くて大きくなったものが身体に入ってくる。ぞわぁっと背筋に寒気が走り、続いて脳天まで痺れるような快楽を感じた。

「あ、あ、あ……っ」

ランスロットの性器が再び奥深くまでくると、樹里は甲高い声を上げてランスロットの背中に爪を立てた。強い快楽に息は乱れ、つま先がピンとなる。

「樹里様……、樹里様……」

ランスロットは樹里の唇を食みながら、腰を突き上げてくる。内壁を熱棒で掻き乱され、樹里は生理的な涙をこぼした。身体の奥が熱くて、変な声が漏れる。ランスロットを銜え込んだ内部が収縮している。

「愛しい人……、あなたに会えない間、ずっとこうしたかった」

ランスロットは獣じみた息を吐き、樹里の内部を穿《うが》ってくる。ランスロットの性器で突かれるたび、甘い声がこぼれる。その動きが激しくなるほど、樹里の嬌声もいっそう乱れていく。

「俺も……会いたかった、ぁ……っ、ひ、ぁ……っ、やぁ……っ」

樹里が喘ぎの合間にそう言うと、ランスロットは感極まったように樹里の唇に深くかぶりついてきた。口をふさがれ、めちゃくちゃに奥を突かれる。全身を揺さぶられ、身体が蕩けるようだった。

「樹里様……っ」

身体が壊れるのではと思うほど、ランスロットは激しく樹里を揺さぶってきた。その動きがピークに達し、内部で性器が大きく膨れ上がる。

ランスロットは樹里をきつく抱きしめ、繋がった奥に大量の精液を注ぎ込んできた。

「うぅ……っ、はー……っ、はー……っ」

激しい息遣いでランスロットが覆い被さってくる。樹里は目がチカチカして、胸を上下させることしかできなかった。ずっと気持ちいいと思っていたが、いつの間にか射精していたようで、腹の辺りがどろどろだ。

「ひ……っ、は……っ、は、ぁ……っ」

重いランスロットの身体を抱きしめながら、必死に酸素を吸い込む。全身が敏感になっていて、ランスロットの肌に触れるだけでひくついてしまう。互いに汗ばんでいて、呼吸は熱い。

「樹里様……」

ランスロットは濡れた瞳で樹里を見つめ、唇を吸ってきた。舌を絡め、上唇を吸われ、身体中を弄《まさぐ》られる。

「少し……寝ます。限界のようだ……」

ランスロットはかすれた声で囁き、樹里から身体を引き抜くと、樹里の横に身体を投げ出した。横を見た時にはもうランスロットは眠っていた。よほど疲れていたのだろう。傷だらけの身体が愛しくなり、顔にかかる黒髪を掻き上げ、頰に触れる。こめかみの傷はまだ生々しく、血が滲んでいた。

「こんな時に治癒力が使えないなんて……俺って駄目だなぁ」

ランスロットの傷口をそっと舐めて、抱きしめた。今は静かに寝かせてあげよう。汚れた身体を拭きとりながら、樹里はランスロットの寝顔を見つめていた。

ランスロットは五時間ほどで眠りから目覚めた。ちょうど樹里が食事を運んできた時だったので、匂いにつられたのかもしれない。

「樹里様……、すみません。私はどれくらい寝てましたか？」

ランスロットは久しぶりに熟睡したと言い、時間を気にしていた。五時間ほどと樹里が言うと、少し安心したようで、テーブルについた。テーブルには焼いた鶏肉や、野菜を蒸したもの、焼きたてのパンが並んでいる。樹里はランスロットの向かいに座り、食事をするランスロットを眺めた。

「ランスロット、アーサーのことで話があるんだ」

樹里は重い口を開いた。アーサーの遺体が破壊されたこと、おそらくトリスタンがエクスカリバーを盗んでいったことなど、憂鬱になる話をランスロットに伝えた。ランスロットはトリスタンがエクスカリバーを盗んだと知り、樹里と同じくらい動揺した。

「エストラーダの王が望んだのでしょうか？　トリスタン殿のすべてが嘘だったとは思いたくありませんが……。彼は私の魔物を取り除いてくれた恩人です。裏切ったなどと思いたくありません」

ランスロットは食事を終え、やるせなさそうに窓の外に目を向ける。空には薄闇が広がり、ラフラン領を見て回っているマーリンたちがそろそろ戻る時刻だ。

「そうだな、トリスタンが俺たちを助けてくれたのは事実だしな……。取り戻したいけど、とっくに国に帰ってるだろうし、諦めるしかない」

樹里が投げやりに言うと、ランスロットの手が伸びて樹里の頬を撫でた。

「樹里様……大丈夫なのですか？　アーサー王が……その、もう……」

ランスロットはその先を言えずに目を伏せた。アーサーがもう復活できないという事実——樹里は時間が経つにつれ、それを受け入れている自分に気づいていた。

「俺……、正直、アーサーが本当に復活するのか疑ってたから……。マーリンを発奮させるための妖精王の嘘なんじゃないかってさ。ジュリを倒す時も、生きている奴らを犠牲にしても皆アーサーの遺体を守ろうとしてただろ？　そういうの、俺は何か違うって気もしてて」

　樹里は今まで黙っていた気持ちを打ち明けた。

「そのように考えておられたのですか。……ですが、アーサー王と他の者では命の重さが違います。どれだけ犠牲が出ようとアーサー王が復活されるなら、致し方ないことです」

　ランスロットは当然のように述べる。この時代、この国に生きるランスロットと、日本という平和な国で生まれ育った樹里とでは意識が違う。すべての命は平等であるという考えはこの世界にはない。

「壊れた部分の修復は不可能なのでしょうか？　マーリン殿でも？」

　ランスロットは椅子から立ち上がり、武具を手に取った。樹里もランスロットが武具をつけるのを手伝った。

「修復かぁ……あとでマーリンに聞いてみよう」

　ランスロットの具足についている紐を縛りながら、樹里はちらりとランスロットを見上げた。ランスロットはアーサーに思いを馳せているのか、憂いを帯びた眼差しだ。

「マーリン殿はトリスタン殿に相当怒っておられたでしょうね」

　ランスロットの呟きに、樹里はひょいと立ち上がった。

「それなんだけど、マーリンってば、翌日には立ち直ってたんだよな。やっぱランスロットとの確執で少しは学習したのかな？　俺が拍子抜けするくらい、トリスタンに対する怒りがないんだよな」

「そうなのですか？」

意外そうにランスロットが目を瞠《みは》る。ランスロットは少し悩んだのちに、ふうと肩を落とした。

「私にあれほど怒り狂っていたのは、やはり私を嫌っておられるからでしょうか？　特別何かした覚えはないのですが、昔から嫌われております。私の何がいけなかったのでしょう」

甲冑をつけながら樹里は少し笑ってしまった。

「そうだよなぁ。ランスロットってかっこいいし、優しいし、頼りになるし、悪いとこっていえば頑固なとこくらいだもんなぁ。嫌う要素が見つからない」

笑いながら言うと、何故かランスロットの頬が紅潮している。ひどく嬉しそうに微笑まれ、樹里ははたと口を閉じた。何だか今、惚気《のろけ》てしまった気がする。

「私も樹里様のことを、美しく聡明で優しい、女神のような方だと思っております」

ランスロットにお返しのように言われ、樹里は顔を引《ひ》き攣《つ》らせた。ランスロットの自分への賛美は見当違いに思えてならない。

「……樹里様」

武具をつけ終わると、ランスロットは樹里の腰を引き寄せ、優しく唇を吸ってきた。吐息が肌に触れ、ランスロットの瞳が樹里を熱く見つめる。

「愛しております。こうして腕の中にあなたがいると、いつ死んでもいいと思うほどに」

樹里の唇を確かめるように啄み、ランスロットが囁く。

「し、死んじゃ駄目……。今、俺、治癒できないんだから……」

ランスロットの情熱的な想いが空気を通して伝わってくる。溺れるような愛情に包まれて、安心するような、それでいてふわふわするような不思議な感覚だ。

「あなたの中にいる魔物を退治しなければ……。しかし……私にはどこにいるか分かりませんでした。あなたを抱いている時も、何も見えなかった」

切なげにランスロットに言われ、行為の最中にそんなチェックまでしていたのかと無性に恥ずかしくなった。

「ラフラン領では大人しくしてるといいんだけど……。トリスタンがくれた薬湯、もうないからさ」

樹里は自分の腹部を不安そうに撫でた。以前のラフラン領なら魔物は静かにしていただろう。だが今のラフラン領は、汚されて妖精も姿を消す有り様だ。もし魔物が暴れるような事態になったら——。失神するほどの激痛を思い出し、樹里はぞくっとした。

「ランスロット様、マーリン様たちが戻られました」

ノックの音と共に、ショーンの声が扉の向こうから聞こえてきた。ランスロットは名残惜しげに樹里を離し、マントを羽織った。

ランスロットと部屋を出て、城の中庭に向かった。そこにはマーリンを始め、いくつかの隊が戻ってきていた。馬は疲弊し、怪我人もいる。すでに松明《たいまつ》が焚《た》かれ、領民たちによって夜の炊きだしが行われている。

「マーリン、どうだった？」

樹里が声をかけると、マーリンは馬をショーンに預け、がりがりと頭を掻いた。

「捜せる範囲にいたものは仕留めた。だが、やはり土地が汚されている。これでは妖精王の助力を望むのは難しいだろう」

マーリンは地図を広げ、ラフラン領の境にまで馬を進めたと話した。ケルト族の女はかなり広範囲に亘《わた》って散らばり、自死しているようだ。なんと恐ろしい魔術だろうと樹里は怖気《おぞけ》が立った。まるで人間爆弾だ。

「ランスロット卿、マーリン殿」

話し込んでいると、ケルト族が戻ってきて、先頭にいたグリグロワが駆け寄ってきた。グリグロワは沈痛な面持ちで、目にクマを作っていた。己の村の女子どもが半数近くも亡くなっているのだ。しかもラフラン領に多大な迷惑をかけている。心労も相当なものだ。

「まだ見つかっていない女子どもはどれくらいいる？」

ランスロットはさらわれたケルト族の名簿を取り出し、グリグロワに尋ねた。自死した者や倒した者の特徴を書き留め、さらわれた女子どもと照らし合わせているようだ。今日見つかった者の特徴を読み上げると、グリグロワが無念そうに肩を落とした。

「それで全員だ」

グリグロワによると、さらわれた女子どもはすべて見つけたらしい。とりあえずケルト族に関しての調査はおしまいということだ。あとはどれだけ魔物が入り込んでいるかになる。

「それなら鉱物を使って魔物を追い払う術を行おう。これから支度にかかる」

マーリンはそう言って運んできた鉱物を取りに行った。マーリンの魔術で魔物が一掃されればいいのだが。

「今夜は亡くなった者のために、弔いをしたい。ここを使わせてもらっていいだろうか？」

グリグロワに神妙な顔で切り出され、ランスロットは構わないと答えた。ケルト族独自の弔いの儀式があるらしく、木材を組み合わせて大きな火を熾すようだ。ケルト族は昔から火葬がしきたりらしく、死者が持っていた大切なものも一緒に焼く習わしがある。

「私は暗闇になる前に、少し周辺を見て回りましょう」

ランスロットは騎士と領民を休ませると、黒馬に乗って数名の兵と共に城を出た。残った樹里は怪我人の手当てに走った。看護に当たる中、樹里が治癒力がなくなったと知り、落胆する騎士も多かった。そのたびに少し落ち込んだが、くよくよしている暇はないと自分を叱咤《しった》し、動き続けた。


ケルト族が弔いの儀式を行っている間、樹里は城の二階からラフラン領を見渡していた。城は高台に位置しているので、領地がよく見渡せる。城に向かう小高い丘を、いくつかの松明の炎が揺れ動くのが見えて、ランスロットたちが戻ってきたのが分かる。樹里はランスロットを出迎えるため城壁から離れようとした。

（あれ？）

ぴかっと湖の辺りが光ったように見えて、動きを止める。目を凝《こ》らして見ると、ラフラン湖に光の筋がいくつも見える。光の筋は湖面から空に向かって放たれている。

樹里は急いで城門へ駆けつけた。ちょうどランスロットと騎士たちが城に戻ってきたところだった。

「ランスロット！」

樹里は先頭を走っていた黒い馬に駆け寄った。ランスロットがすぐに気づいて樹里の前で手綱を引く。

「樹里様、いかがなされましたか？」

「ちょっと乗せて！」

いぶかしがるランスロットに手を伸ばし、馬上に引き上げてもらう。ランスロットの後ろに跨り、ラフラン湖の方角を指差した。

「ラフラン湖へ行ってくれ！　湖が光ってるんだ！」

樹里が急かすとランスロットは即座に馬の鼻先を湖へ向けた。騎士たちは休ませ、樹里はランスロットと二人でラフラン湖へ向かった。暗い夜道も黒馬は平気で駆けていく。ランスロットの翳《かざ》す松明の炎は生き物のように揺らめき、後方へなびいていった。

ラフラン湖に近づくと、光の柱が数本湖面から立ち上っているのが見えた。光の柱は辺りをぼんやりと照らし出し、湖面の真ん中に立っている存在を浮かび上がらせる。

「妖精王！」

ランスロットは光の中心にいる存在に気づき、声を張り上げた。その声につられるように妖精王は顔をこちらに向けた。樹里たちは馬を下りて船着き場まで近づいた。妖精王は湖面を優雅なしぐさで歩き、樹里たちの前に現れた。彫像のように整った顔立ち、荊《いばら》の冠を戴《いただ》き、流れるような美しい長い髪を垂らしている。その身体を包むのは白く光る布で、目の前にいると夜とは思えないほど辺りがまばゆくなった。

「明日、モルガンがラフラン領の水に毒を放つ」

妖精王の前に跪《ひざまず》いた樹里とランスロットに、重々しい一言がこぼれた。とたんに樹里もランスロットも真っ青になって顔を上げた。妖精王は感情を見せずに淡々と唇を開く。二重にも三重にも聞こえる声で、樹里たちを見つめる。

「それを阻止するために、我はラフラン領の水をすべて凍らせることにした。モルガンの野望を阻止するまで、ラフラン領は時を止める」

樹里はランスロットと顔を見合わせた。毒を撒《ま》かれた王都を思えば、賢明な措置と言えるかもしれない。ラフラン湖に光の柱が立っているのは、凍らせるためのものなのだろう。

「妖精王、何としてもモルガンを止めます」

ランスロットは深く頭《こうべ》を垂れて、はっきりと断言した。

「妖精王、お願いがあります」

樹里は妖精王に会えたら言おうと思っていたことを口にした。

「俺の母さんをこっちの世界に連れてきたんです。どうか、匿《かくま》ってくれませんか？　それから、預けていた子どももなんですけど、俺の手で育てたいと思っています。アーサーの遺体は破壊されてしまったので、子どもが父親に会えることはもうなくなってしまいました。今は無理でも、落ち着いたら会わせて下さい」

しっかりと伝えた後、妖精王の考えが聞きたくて、樹里は翠《みどりいろ》色に光る双眸《そうぼう》を見つめる。

「分かった」

妖精王は一言そう言ったきり、すーっと樹里たちの前から離れていく。何が分かったのか、こっちにはさっぱり分からない。もっとくわしく説明してくれと言いかけた時、後ろから獣の足音が聞こえてきた。

「樹里！」

びっくりして振り返ると、クロに乗った母がこちらに向かって駆けてくる。母さん、と呼びかける前に、不可思議な出来事が起きた。クロに乗っていた母が、空中で見えない手に掴まれたみたいに宙に浮き上がったのだ。

「きゃあああ！」

母は驚いて両手両脚をばたつかせている。母の身体は弧を描いて湖面に放り投げられた。落ちる、と思った瞬間、その身体は妖精王の腕にキャッチされた。

「しばらく預かろう」

妖精王はそう告げ、上空からやってきた一角獣に母を乗せた。母は面食らって言葉を失っている。なんの説明もしてくれなかったが、妖精王が分かったと言ったなら本当に分かったのだ。樹里の願いを聞き届け、母を預かってくれるようだ。これならもう安心だと樹里は胸を撫で下ろした。

「妖精王、お待ち下さい！」

今にも去りそうな妖精王に、ランスロットが声を張り上げる。

「樹里様の身体に魔物が入り込んだのです。どうか、妖精王のお力で、魔物を取り除いてもらえませんか？」

妖精王は静かな佇《たたず》まいで、ランスロットを見下ろす。そういえばそれを忘れていたと樹里も妖精王を窺った。妖精王は眉一つ動かさずに、樹里の腹辺りを見据える。

「魔物は妖精の剣で退治できると言ったはずだが？」

妖精王は湖面に顔を向け、マントをひらりと翻《ひるがえ》した。しかし、と言いかけたランスロットに応えることなく、妖精王はふわりと一角獣に飛び乗った。

「お前が剣の真の持ち主なら、魔物だけを退治できるはず。ただし、気をつけよ。妖精の剣は、人を殺さぬが、人を殺せないわけではないのだ。――力を使いすぎたので、我はしばらくこの地を離れる。ランスロット、後は頼んだぞ」

妖精王は光の柱を見上げながら言った。一角獣の足元が、ぴしぴしと音を立てる。湖の水が徐々に凍りついていく。それと同時に光の柱がゆっくりと消えていき、辺りに闇が戻ってくる。

「この命に代えましても」

ランスロットは妖精王にそう答えた。

樹里は寄り添ってきたクロの背を撫で、妖精王の姿が見えなくなるまで見送った。

7 モルガンとの闘い

Fighting against Morgan

翌日はどんよりと肌寒い日だった。本来ならまだ冬には早いが、妖精王がラフラン領の水をすべて凍らせてしまったせいかもしれない。井戸の水も凍りつき、使用人たちは氷を融《と》かして水を得ている。

ケルト族は弔いの儀式を終えて、少しばかり心のけじめがついたようだ。正気に戻った女たちは領民を手伝い、男たちは騎士たちと共に闘うと息巻いている。

マーリンは鉱物を使って白い蛇を作り、ラフラン領に潜む魔物を退治するよう解き放った。増援は明後日にはラフラン領に辿りつく。これで少しは状況も改善するはずと思っていたが、その日の午後、恐れていた攻撃が始まった。

「ランスロット卿！　北方より鎧《よろい》の軍団が！」

慌ただしく会議の間に飛び込んできた騎士が叫ぶ。ランスロットは即座に出撃の準備を命じた。他の騎士も飛び出していき樹里《じゅり》も参戦しようとしたのだが、マーリンに止められた。

「お前はここに残れ。今のお前は役に立たない」

マーリンにすげなくあしらわれ、ショックを受けたが何も言えなかった。臓器の中に潜むという魔物は今のところ暴れていないが、治癒力は失われ、闘う能力もない。城に残り、皆の無事を祈ることしかできなかった。

「樹里様。どうぞ、お部屋に」

ショーンに部屋に連れていかれ、樹里はクロと窓から外を覗いた。騎士団は隊列を組んで北に向かっている。北に目を向けると、土煙を上げて迫ってくる軍団がいた。それは近づくにつれ、鈍い光を放ち始める。

(何だ、あれは)

樹里は窓から身を乗り出して、目を細めた。銀色に光る甲冑《かっちゅう》をつけた兵が、列を作って移動していた。鎧の兵は馬には乗っておらず、まるでロボットのような正確さで足並みを揃えている。

鎧の軍団とランスロット率いる騎士団が小高い丘の真ん中で対峙《たいじ》した。鎧の軍団はよどみない動きで槍《やり》を構え、攻めてくる。ランスロットの号令で騎士団が鎧の軍団を囲むように隊列を組んだ。そして——槍と剣が交わる。

(あ……っ)

戦闘を見守っていた樹里は、啞然とした。ランスロットの剣が鎧の兵の首を刎《は》ねたのだが、そこには何もなかったのだ。ランスロットも戸惑っている。

鎧の兵は、人ならざる者だった。甲冑だけで動く幽霊のようなもの——樹里は窓に張りついて、闘いを見守った。鎧の兵は首を刎ねられると少しの間動きを止めるが、しばらくするとぎこちない動きで兜《かぶと》を再び頭に載せ、槍を振るいだす。斬っても斬っても倒れない鎧の軍団に、騎士たちはどうすることもできずうろたえていた。

樹里は一人でじっとしていることができなくて、クロに跨《また》がって部屋を飛び出した。クロは風のような速さで城の階段を下り、外へと走る。

「樹里様！　いけません！」

途中でショーンに見つかり咎《とが》められたが、樹里は無視してまだ開いている城門から出た。丘を駆け上がり、戦闘が行われている場所へ急ぐ。役に立たないのは分かっていたが、それでも何が起きているか知りたかった。

「どこからか奴らを操っている者がいる！」

騎士と鎧の軍団が剣を交えている近くまで行くと、マーリンの苛立った声が響いた。マーリンは杖を振るい、鎧の兵を粉々に破壊している。さすがに破壊されると動けなくなるようだ。

「硬くて、とても破壊できません！」

騎士たちは首や腕を斬りつけながら、悲鳴を上げた。鎧の兵は容赦なく馬を串刺しにするので、戦場では馬のいななきと前脚を大きく上げて暴れる姿が目立った。ランスロットは黒馬から下り、鎧の兵の懐《ふところふか》深くに潜り込み、首や四肢を切断している。妖精の剣で斬っても、鎧の兵には効果がないらしい。鎧の兵を形成するのはただの鎧であって、穢《けが》れではないせいだろう。

「首を狙え！」

ランスロットの指示に従い騎士たちは次々と鎧の首を刎ねていく。そこへマーリンが魔術で兜に火をつけ燃やしていく。熱を帯びると鎧の兵は力を失ったように地面に転がっていく。

倒し方が分かると、騎士団は勢いを盛り返し猛然と剣を振るい始めた。鎧の兵の槍によって傷を負った者もいたが、騎士団のほうが優勢だった。

(よかった、マーリンがいれば安心だ)

樹里は安堵して、クロの肩を叩いた。見つかる前に戻ろうと、城への道を駆ける。

——その時、ふいに空に暗雲が立ち込めた。昼だというのに辺りが薄暗くなり、どこからか獣の遠吠《とおぼ》えがした。

「ガルル……ッ」

樹里を乗せていたクロが低く唸《うな》る。クロが見据えている方向に目を向けた樹里はぞっとして凍りついた。

騎士団たちとは反対側の道に、黒く蠢《うごめ》く集団が見えたのだ。城壁から兵の一人が角笛を吹いて敵襲を知らせている。風に乗って異臭がする。モルガンが新たな魔物を放ったのだと樹里は悟った。

「クロ、急いで知らせなきゃ」

樹里は方向を変えて騎士団と鎧の軍団が戦闘している場を目指す。クロは猛スピードで丘を駆け上がっていく。

「ランスロット！　マーリン、大変だ！」

樹里は戦場に駆け込み、できる限りの声で叫んだ。鎧の兵はまだ二十ほど残っていて、騎士たちが悪戦苦闘していた。ランスロットが樹里に気づき、馬を走らせてくる。

「樹里様、何故ここに⁉」

戦場に現れた樹里にランスロットは険しい形相になる。

「新たな魔物が現れた！　急いでくれ、城に向かってる！」

樹里が怒鳴ると、ランスロットの顔が強張り、騎士団を振り返る。

「この場はもういい！　急ぎ、城に戻れ‼　魔物が現れた！」

ランスロットの号令で騎士たちが手綱を引いて馬の向きを変える。騎士たちはすぐさま行動に移した。

「クソッ、陽動だったか！」

中でもマーハウスは飛ぶような速さで駆けていく。マーリンは杖を振るいながら、ランスロットに行け、というしぐさをした。ランスロットは数名の騎士を残して、猛然と城へ向かった。樹里も急いでその後を追った。

「あそこだ！」

樹里はクロにしがみつきながら、城を指差した。閉ざされた城門の前に、犬のような姿をした異臭を放つ魔物が集まっていた。魔物は前脚で城門を引っ掻き、開かない城門に何度も体当たりする。ざっと百頭はいるだろうか。涎を垂らし、泥だらけの身体で暴れている。

「首か、胴を刎ねるんだ！」

ユーウェインの怒鳴り声に、城門の前に集まっていた魔物たちがいっせいに振り向いた。魔物は騎士や馬に、牙を剝き出しにして襲いかかってくる。ユーウェインの忠告通りにマーハウスは飛びかかってきた魔物の胴を切り裂いた。魔物は地面に倒れ、痙攣《けいれん》して息絶えた。けれど——とたんに腐った泥となって耐えがたい異臭を撒き散らす。

「クソッ、鼻が曲がりそうだ！」

騎士たちは顔を歪めながら、魔物を切り裂いていく。だが数が多いこともあって、足首に食いつかれ、甲高い鳴き声を上げて倒れる馬も続出した。

「どけ！　吹き飛ばすぞ！」

ようやく追いついたランスロットはそう叫ぶと、妖精の剣を鞘《さや》から抜き出した。次の瞬間には剣を大きく振るい、魔物を消滅させる。妖精の剣で斬られた魔物は穢れた泥になることもなく霧散した。ランスロットは馬から飛び降り、次々と魔物を切り裂いていく。

ランスロットは流れるような剣さばきで、魔物を消滅させた。けれどあまりにも数が多かった。魔物は四方に散らばり、ランスロットの剣を避けて、他の騎士に食らいつく。

鎧の兵を始末し終えたマーリンと数名の騎士がやってきた。

「マーリン！　どうにかならないか⁉」

樹里《せ》はマーリンに叫んだ。

「急かすな」

マーリンは馬上から杖を振り上げ、朗々とした歌を響かせた。すると、しばらくしてあちこちの空から白い蛇が飛んできた。マーリンが鉱物で作った白い蛇は、犬の姿をした魔物めがけて一目散に飛びかかっていく。白い蛇は魔物と牙を剝き出しにして闘うが、何匹かは魔物に喰い殺され消滅してしまった。

「うぐぁ……っ」

魔物に噛みつかれた騎士が、馬から引き摺り下ろされる。助けたくても、別の魔物と闘ってい て、手が出せなかった。クロは咆哮《ほうこう》を上げて、魔物を鋭い爪で裂き、牙で噛み千切る。

「樹里様、ここは危ないから下がって下さい！」

ランスロットは剣を振り回しながら、樹里に襲いかかる魔物を妖精の剣でぶった切った。樹里も魔物がいない隙間を通って何とか城に戻ろうとした。

その時、ふっと、背筋に悪寒が走った。

何かに気づいて樹里は空を見上げた。おどろおどろしい暗雲は今や城の上空を覆い、空気まで冷えている。その雲の切れ間から竜が姿を現した。

「見ろ、竜が！」

他の騎士も気づいて、空を見上げる。樹里は無意識のうちにクロにしがみついた。竜は異様な形《なり》をしていた。その長い口から首にかけて、黒い荊《いばら》がぐるぐるに巻きついているのだ。竜は苦しそうにもがきながら、こちらに向かって降りてくる。

「モルガンだ！」

グリグロワがいち早く気づいて、大声で知らせた。竜の背に乗っていたのは、黒いドレスを身にまとったモルガンだった。空を旋回しながら竜は徐々に地面に近づく。

「矢を射よ！」

ランスロットが指示し、弓矢を持っていた者は、怯《おび》えながらも矢をつがえた。ランスロットも弓を引き絞り、竜めがけて矢を放つ。ランスロットの矢は竜の腹に突き刺さり、痛みに竜が身体をくねらせる。

「ほほほ、これは愉快」

モルガンは樹里たちを見下ろし、竜の背から飛び降りた。モルガンは長い黒髪とドレスをなびかせて、軽やかに地面に降り立つ。左目から流れる一筋の血、真っ赤な唇の端を吊り上げて笑う顔は母そっくりだが、漂う雰囲気があまりにも違いすぎた。悪《あ》しき魔女——モルガンが大地を踏むたびに、足元の草花が枯れていく。

「とうとうラフラン領に降り立ってやったわ。妖精王よ！　お前の地は、このモルガンが足を踏み入れるほどに汚れたのだ！」

モルガンは勝ち誇った態度で嘲笑った。竜は苦しそうに身体をよじりながら東の空へ飛び去る。樹里は真っ青になって、ランスロットの背中に身を隠した。ついにモルガンが、ラフラン領に入ってしまった——。

度重なる魔物の攻撃に、操られたケルト族の女子どもの自死、それに領民の不安な心が重なって、モルガンを受け入れるほどに、大地が力を失ってしまった。

「おのれ、モルガン！　アーサー王の仇《かたき》！」

他の騎士が怯え、じりじりと後退する中、ランスロットは勇敢にも剣先をモルガンに向けて馬を走らせた。それにつられるようにマーハウスやユーウエィン、歴戦の騎士たちがモルガンに向かって走りだす。

「マーリン！」

樹里はわなないているマーリンを叱咤《しった》した。ハッとしたようにマーリンが杖を振り上げる。マーリンは一瞬でもモルガンに怯《ひる》んだ自分を恥じるように、声高く歌を響かせた。ランスロットの身体に金色の光がまとわりつく。守護の光だろう。

「お前らなど、私の敵ではない」

モルガンはランスロットの剣を杖で軽く止めると、甲高い声で歌った。とたんにモルガンに群がっていた騎士たちが、強風を受けたように遠くへ吹き飛ばされた。かろうじてランスロットだけはそれを免《まぬか》れたが、モルガンの持つ杖を弾き返すことができずにいた。力で押し切ろうとするランスロットを、モルガンは馬鹿にしたような笑みを浮かべて眺めている。

「う……っ、く、……っ」

ランスロットは必死の形相で、モルガンを斬ろうとする。モルガンは杖を持たないほうの手を懐に入れた。そして何かを取り出す。わずかに黒い塊《かたまり》が見えて、樹里はぎくりとした。

「ランスロット、離れろ！」

樹里が叫ぶと同時に、ランスロットが勢いよく身を離す。モルガンの手から放たれた黒い蛇がランスロットの口めがけて飛びかかる。樹里は大きなショックを受けた。ランスロットの口の中に黒い蛇がまた入るのが見えたのだ。

「ランスロット卿！」

地面に転がっていたマーハウスが、一部始終を見ていて、悲痛な叫びを上げた。樹里は思わず目を瞑《つぶ》ってしまった。またランスロットの体内に魔物を埋め込まれたと思ったのだ。

「うぐ、ぐ……っ‼」

ランスロットの苦痛に喘《あえ》ぐ声が聞こえて、樹里はおそるおそる目を開けた。ランスロットは黒い蛇の尾の部分をかろうじて握っていた。痛みに苦しみながらも、口の中に入ろうとした黒い蛇を引きずり出して、妖精の剣で刺し殺す。

「ランスロット！」

危ないところだった。ランスロットはすんでのところで魔物を取り出し、口についた毒を拭《ぬぐ》い去《さ》った。ランスロットを乗せた黒馬は、前脚を上げてモルガンから距離をとる。モルガンは軽く舌打ちし、ちらりとこちらを見た。モルガンと目が合って、樹里は心底恐怖した。

「そこには樹里がいるじゃないかえ。ガルダは死ぬ前に最低限の仕事はしてくれたようねぇ。役立たずだったけれど……」

モルガンは醜悪に笑った。ガルダに対するひどい言いように腹が立ったが、今は逃げるしかなかった。自分が足手まといになってはいけない。樹里はクロに合図してこの場から離れようとした。

「お待ち、お前の中には魔物がいるんだろう？」

モルガンは高らかな声で告げ、樹里に杖を振り上げた。とたんに、腹に激痛が走って、樹里は苦悶《くもん》の声を漏らした。腹の中で魔物が暴れている。脂汗がどっと噴き出し、痛みで目に涙が滲《にじ》む。

樹里は大きく身体を仰《の》け反《ぞ》らせ、クロの上から地面に転げ落ちた。

「樹里様！」

ランスロットや騎士たちに動揺が広がる。樹里は地面をのたうち回って、血を吐いた。腹の中で暴れている魔物が、臓器を破壊している。草むらに吐いた血が飛び散り、意識が遠のく。

「やめろ！」

ランスロットがモルガンに剣を振り下ろすが、モルガンはおかしそうに笑いながらそれを避《よ》ける。

「まずい、このままでは……」

マーリンの焦った声が聞こえる。樹里はあまりの痛みに痙攣する。

「樹里、少し辛抱しろ」

マーリンの声が遠くからして、続いてゆったりした歌声が響き渡った。その歌声を聞いていると、苦痛がわずかばかり和らぐ。

「ほう、なるほど……。考えたものよ、まぁいい。今日のところはこれで終わらせてあげましょう」

モルガンの高笑いと共に、突風が巻き起こった。するとあれほど感じていた苦痛が消え、意識が戻ってくる。樹里は空を見上げた。いつの間にか暗雲が消え、空が青くなっている。樹里は咳き込みながら起き上がろうとした。だが、身体が重い。

「樹里様！」

樹里を抱き起こしたのは、ランスロットだった。ランスロットは今にも死にそうな形相で樹里を抱えている。何が起きたのか分からなくて辺りを見ると、騎士やケルト族が皆地面に倒れていた。無事なのはランスロットとマーリンだけで、樹里は瞬《まばた》きをした。

「動くな、今、止血する」

マーリンが近づき、樹里の腹の辺りで杖をぐるぐると動かした。長い呪文を唱えると、痛みは薄らぎ、吐血も止まった。口の中に鉄の味が広がっていて気持ち悪い。ランスロットにしがみつくと、察したように水の入った筒を口に当ててくれた。

「ど……どうなった、んだ……？」

含んだ水を吐き出すと真っ赤だった。見ると草むらや自分の衣服は血で汚れている。マーリンは樹里の状態を確認すると、眠っている騎士やケルト族に顎《あご》をしゃくった。

「眠りに誘う術を使ったのだ。モルガンはとりあえず去ったが、味方の兵もすべて眠ってしまった。まぁそのうち起きるだろう」

全員倒れているのでモルガンにやられたのかと思ったが、そうではなかったらしい。とっさにマーリンがかけた術だが、モルガンを一時的とはいえ追い払うことができた。樹里は肩の力を抜いた。

「樹里様……」

ランスロットは樹里をぎゅっと抱きしめた。樹里が血を吐いたので、生きた心地がしなかったのだろう。その手がかすかに震えているのを見て、胸が締めつけられた。

モルガンは魔物を操れる。樹里の腹の中にいる魔物を暴れさせて、内臓を破壊することなど造作もないのだ。

「モルガンがラフラン領に入ってしまった……。これからどうするか」

マーリンは倒れている魔物を集め、眉根を寄せた。ランスロットはしばらく樹里を離そうとしなかった。モルガンという脅威の前で、樹里たちにはなす術《すべ》がなかった。

このままでは駄目だと痛烈に思った。魔物がいるこの身体では、モルガンに太刀打ちできない。樹里が苦しめば苦しむほどにランスロットは心を乱され、力を失っていくだろう。

「ランスロット……、俺の中の魔物、その剣で突き刺してくれ」

樹里は決意を込めて呟いた。ランスロットの顔が強張り、じっと樹里を見つめる。樹里は血で濡れた衣服を捲《まく》り上《あ》げ、自らの身体をさらした。腹の辺りにいるという魔物——樹里はマーリンに請うような眼差しを向ける。

「マーリン、どこにいるか分かるか……？」

マーリンの表情が曇る。

「この辺りにいる。……今は、な」

マーリンが樹里のへその下辺りを指差す。

「ランスロット、頼む」

樹里がなおも言うと、ランスロットは樹里を地面に寝かせ、妖精の剣を抜いた。膝をつき、その切っ先を樹里のへその下辺りに向ける。

樹里は覚悟を決めて、刃が自分に吸い込まれるのを待った。ランスロットならきっと大丈夫だと信じた。

……だが、いくら待っても、腹に痛みはない。

「……ランスロット？」

樹里は閉じていた目を開け、ランスロットを見上げた。ランスロットはわななきながら樹里を見据えていた。そのこめかみには汗が流れ、剣を握る手は震えている。そして、苦しげに息を吐き出した。

「……できません」

ランスロットは力なく剣を下ろし、呟いた。

「ランスロット、大丈夫だから――」

「大丈夫などではない‼」

樹里の声を遮るようにランスロットが叫ぶ。ランスロットは苦しげに髪を掻きむしり、その場に剣を落とした。

「私には魔物の姿が見えない！　もし、魔物が移動したら、あなたを殺すことになる！　妖精王は言った、この剣は人を殺さぬが、人を殺せないわけではないと……‼」

ランスロットの悲痛な叫びに、樹里は胸が苦しくなった。ランスロットが妖精の剣で樹里を突き刺すことに、どれほど恐怖したか分かったのだ。キャメロット一の剣士が、自分を斬ることに怯えている。苦しんでいる。

「ランスロット……」

樹里はだるい身体を起こし、地面に手をついてうつむくランスロットの腕に触れた。

「聞いてくれ、このままじゃ俺は遅かれ早かれ死ぬ。次にモルガンが俺の中の魔物を操ったらほぼ確実に死ぬだろう」

樹里の真剣な声にランスロットがのろのろと顔を上げた。その憂いを帯びた瞳を見たらたまらなくなり、腕を伸ばしてランスロットに抱きつく。

「——どうせ死ぬなら、お前に殺されたい」

樹里はランスロットの耳元ではっきりと告げた。ランスロットの身体が大きく震え、樹里の身体をきつく抱きしめる。残酷な頼みをしているのは百も承知だった。けれど今、樹里を救えるのはランスロットしかいないのだ。この身体に潜む魔物を退治できるのは、この腕にいる男しかいない。

「やってくれ。これは命令だ」

樹里は心を鬼にして囁《ささや》いた。ランスロットは血が滲むほど唇を噛む。樹里はその唇に唇を寄せた。ランスロットは樹里の唇を深く吸い、髪に顔を埋《うず》めた。血の味がするキスだった。互いにぎりぎりの線で生きている。たとえ死んだとしても、ランスロットには感謝しかない。その想いを伝えるように、樹里はランスロットの唇を食《は》んだ。

長いキスの後に、想いを断ち切るようにランスロットは樹里を地面に寝かせた。再び剣を手にとると、ランスロットはマーリンに視線を向ける。マーリンは指先で樹里の腹の一点を指す。

「樹里様、参ります」

ランスロットは決然と言い、剣を握りしめた。

――ランスロットの妖精の剣は瞬きをする間に腹に吸い込まれた。脳天まで貫くような痛みと、魔物の断末魔が重なる。腹の中にいた異物が消えていくのを感じると同時に、意識が薄れてゆく。失神とはぜんぜん違う、身体から魂が抜けていくような感覚だ。

何かに、引っ張られる。

途絶えていく意識の中、樹里は言葉を発しようとした。ランスロットとマーリンが叫んでいるのが分かる。だけど応《こた》えることはできない。一体自分はどうなってしまったのだろう。

ぷつりと回線が切れるように暗闇が訪れた。

樹里はそれきり、何も分からなくなってしまった。

8 さよならの代わりに

Instead of Goodbye

重い瞼《まぶた》を開けると、白いシーツの寝台に横たわっていた。ぱちぱちと火の爆《は》ぜる音がする。暖《だん》炉《ろ》で火でも焚《た》いているのだろうかと寝返りを打った樹里《じゅり》は、そこによく知っている顔があるのを見て、目を見開いた。

暖炉で薪《まき》をくべているのは、金髪に青い目の男だった。上等な布の衣服に王冠を戴《いただ》き、真紅のマントを羽織っている。樹里が言葉もなく固まっていると、男がこちらに近づいてきた。

「目覚めたか、樹里」

懐《なつ》かしい声が耳に届き、瞳から涙があふれ出た。青い宝石のような瞳が面白そうに樹里を見ている。自信満々で人を小馬鹿にしたような視線を向け、樹里が寝ている寝台にどかりと腰を下ろす。

「アーサー……ッ」

樹里は寝台から跳ね起きて、目の前の男に抱きついた。懐かしい匂い、声、身体——樹里がかつて愛した男が、腕の中にいた。樹里がわんわんと泣き続ける間、アーサーは苦笑しながらその背中を撫でてくれた。

「ど、どうして……？　俺、死んじゃったのか……？」

ようやく涙が収まると、樹里は辺りを見回して呟いた。アーサーの部屋に似ているが、どこか違っていた。調度品や壁、寝台や暖炉に至るまでそっくりなのだが、すべてきらきらと輝いているのだ。確か自分はランスロットに魔物退治を頼んだはず。ひょっとしてそのまま死んでしまったのかと愕然《がくぜん》とする。

「近い状態ではあるな。お前は今、身体から魂が抜けている。生死の境をさまよっているというやつだ」

こともなげにアーサーに言われ、樹里は絶句した。妖精の剣は人を殺せないわけではない――妖精王の言葉が身に沁《し》みる。

「まぁそのおかげでこうして会えたわけだが。ところで樹里」

アーサーの優しかった声音が一転して厳しいものに変わる。

「男好きのお前が操《みさお》を立ててくれるとは思っていなかったが……ランスロットと浮気するとはな？　どうしてやろうか、こいつ」

アーサーの手が樹里の頬をぎりぎりと引っ張る。実体じゃないはずなのにけっこう痛くて、樹里は「痛い痛い」と悲鳴を上げた。

「俺は男好きじゃねーって!!」

勘違いされてはたまらないと樹里はアーサーの手を振りほどき、怒鳴り返す。ふんとアーサーが鼻で笑い、腕を組む。

「どこが。生前も男タラシのお前を独占するのに俺がどれほど苦労したか」

「だから違うって！　つうかごめんなさい！　ランスロットに関しては謝ります！」

剣呑な目つきで睨《にら》まれ、樹里は寝台の上で土下座した。ランスロットと関係したことを知ったらアーサーは死ぬほど怒るだろうと思っていたが、案の定、鬼のように怒っている。

「まぁいい。俺は死んでしまったからな。ランスロットのお前に対する愛情はよく分かっていた。俺亡きあと、お前を任せられるのはランスロットしかいないとも思っていたしな」

般若《はんにゃ》のような表情を弛めて、アーサーが笑った。樹里はおそるおそる顔を上げた。ひょっとしてこれは夢かもしれないと思ったのだ。埒《らち》もないことを考え、アーサーの身体に触れる。感触はリアルで、まるで生きているみたいだ。

「アーサー、ごめん。お前の遺体、破壊されちゃったんだ」

アーサーを見ていたら悲しくなってきて、樹里はしゅんとして言った。せっかく復活する可能性があったのに、今はもうできなくなった。

「よい。俺はそれほど現世に未練はない。だが、俺の復活に心を寄せる者もいるだろう。俺の遺体はアヴァロン島へ送ってくれ。あの島には王家の祭壇がある。そこでいつか復活すると皆には伝えるのだ」

アーサーはこともなげに告げた。アヴァロン島は『アーサー王物語』にも出てきた地名だ。樹里は分かったと頷いた。

その時、ふっと壁が歪んだ。樹里がそちらに顔を向けると、ぐにゃりと壁が曲がって、荊《いばら》の冠を戴いた妖精王が現れる。白い絹糸のような艶やかな髪がなびき、樹里とアーサーの前に歩を進める。

「樹里、ここにいたのか。そろそろ身体に戻れ。でなくば、このままアーサーと共に逝くか？」

妖精王は樹里の目の前に立ち、慈しむように囁《ささや》いた。どきりとして樹里はアーサーを見上げた。アーサーは黙って樹里を見つめている。

このままアーサーと……。それは魅惑の誘いだ。ここには嫌なことも悲しいこともなく、死は自分が思うより優しかった。大好きなアーサーと一緒にいられるなら、このまま連れていってもらったほうが——。

樹里はうつむいて、目を閉じた。

樹里を突き刺した時のランスロットが、どうしても脳裏から離れなかった。樹里が死んでしまったら、きっとランスロットは一生己を赦《ゆる》さないだろう。ランスロットの心が死んでいくのを見たくない。それに自分にはまだやるべきことがある。子どもを育て、キャメロットを復興しなくては——。

「ごめん、アーサー。まだそっちには行けない」

樹里は顔を上げて、毅然と告げた。アーサーはどこか嬉しそうに微笑んだ。

「そうだな、俺の子を立派に育ててくれなければ困る。お前がキャメロットから逃げようとした時は、殺してやろうかと思ったぞ」

アーサーが樹里の額を小突く。樹里は赤くなって額を擦ると、分かったと頷いた。

「では行くぞ」

妖精王が樹里の手をとる。その手に引かれて樹里は寝台から下り、後ろにいるアーサーを振り返った。

「アーサー、もっと一緒にいたい」

別れがつらくて、涙がこぼれる。

「俺はいつでもお前を見守っているぞ。……それにしても俺の子は、何というかまぁ……俺に似て自信家なところがどうにかならぬものかな。そのうち痛い目を見そうだ」

何かを思い出したように笑いながら言われ、樹里は目が点になった。アーサーの言っていることの意味が分からない。

「え？　どゆこと？　俺の子って……天界で先に会ったとか？」

妖精王に引っ張られながら樹里は首をかしげた。呆れたようにアーサーが手を振り、ため息をこぼす。

「何を言っている。お前もとっくに会ってるじゃないか」

その言葉を最後に、樹里は光の中に導かれた。温かく優しい感情に包まれる。きらきらとまばゆい光に流されて、宙を駆ける。妖精王は風のような速さで樹里を引っ張り、そして、手を離した——。

どん、という衝撃と同時に、樹里はパッと目を開けた。

息苦しさに呻《うめ》き声《ごえ》を上げた樹里の視界に、クロの顔がドアップで映る。鼻息が顔にかかり、目が合ったとたん、思い切りべろべろ舐《な》められた。

「樹里様！」

涙を流すサンが見えた。樹里は寝台に寝かされ、その身体の上にクロが乗っかっていた。重くて息ができず、必死に顔を舐め続けるクロを押しのけようともがく。

「樹里様、よかった！　目覚めたのですね！　もう二週間も死んだような状態だったんですよ‼　よかったぁー‼」

サンは泣きじゃくりながら樹里に抱きつく。しばらく意識が曖昧《あいまい》で、喜ぶサンとクロをぼーっと眺めていた。

「えっと、アーサーは……、あれ、やっぱあれは夢……？」

部屋を見回したが、アーサーの姿はない。それにあれは王宮によく似た部屋で、今、樹里がいるのはラフラン城の一室だ。徐々に記憶が蘇る。

そうだ、自分はランスロットの妖精の剣で魔物を退治してもらったのだ――。

「樹里様、意識が戻られたのですね！」

ちょうど入ってきたショーンが、起き上がっている樹里を見て、駆け寄ってくる。

「二週間って、ホント？　俺、そんな寝てたの？」

サンとクロがどいてくれると、樹里は自分の身体を点検して聞いた。そういえば声もかすれているし、身体のあちこちがぎしぎししている。妖精の剣で斬られたはずの腹は、傷跡一つないが、全体的に身体が重く、ふらふらした。

「妖精の剣でランスロット様が樹里様の魔物を退治して……それ以来、樹里様はずっと死んだように意識を失っておられました。脈拍もなく、ほとんど死んでいるとしか……。それでもランスロット様は死んでいないと仰《おっしゃ》って、我らに看病させていたのです」

ショーンは喜びに顔をほころばせた。

「樹里様の看護は僕の役目ですからね」

サンは胸を張り、クロの頭を撫でる。

「戦況はどうなってる？　モルガンは？」

樹里はふらつきながら寝台を下りて、替えの衣服を頼んだ。サンが白い生地の衣装を手渡してくる。身体の節々は痛むが、どうにか衣服を身にまとった。サンが粥《かゆ》を持ってきてくれて、急いで口に運ぶ。二週間何も食べていなかったからか、粥がひどく美味しく感じられた。

「モルガンは毎日のように現れ、騎士団を苦しめています。たくさんの死者が出ました。領民の中には絶望してラフラン領を出ていく者もいます。ランスロット様やマーリン様が必死に守っていますが……いつまでもつか分かりません」

ショーンが歯がゆそうに呟いた。ブーツの紐《ひも》を結んで窓から外を眺めると、城から見える景色は一変していた。辺りの木々は焼かれ、草花は枯れ、あちこちで火がくすぶっている。死体も転がっているし、ぞっとするような有り様だ。死体を始末する余力もないのか。

「樹里様、どうかランスロット様を止めて下さい。ランスロット様は王都から呪いの剣を持ち出し、その剣でモルガンと刺し違えるおつもりです」

ショーンに涙ながらに頼まれ、樹里は慄然《りつぜん》とした。ランスロットはとうとう呪いの剣を使うつもりなのか。絶対に阻止しなければ。

「行かなくちゃ――」

樹里は覚束《おぼつか》ない身体にマントを羽織り、クロに跨《また》がった。クロも待ってましたとばかりに咆哮《ほうこう》する。

「今、ランスロット様たちはラフラン湖の傍で闘っています！」

ショーンの声を背に扉から飛び出す。クロの首にしがみついて、樹里はラフラン湖を目指した。階段を飛ぶように下り、中庭に出て、城門へ向かう。クロと樹里の姿を見た騎士や兵たちが驚きの声と歓声を上げる。

「城門を開けろ！」

樹里が大声で命じながら近づくと、城門を守っていた兵たちが、慌てたように門を押し開ける。わずかに開いた隙間をすり抜けて、樹里は外に出た。外気は冷たく、ラフラン領を覆う空は薄く曇っていた。まだ昼前なのに、モルガンの影響か、陰気な光景だ。

ラフラン湖を目指していると、遠くから白い馬が駆けてくる。その馬は異様な速さで樹里に近づき、いつしか肩を並べていた。

「ごきげんよう」

その馬に跨るのは、旅人姿のトリスタンだった。背には弓矢を、腰には二振りの剣を携えている。――樹里はそのうちの一振りの剣がエクスカリバーであると気づいた。あいかわらずひょうひょうとした態度で、樹里に笑顔を見せる。

「お前……、お前……‼」

樹里は何をどう言っていいか分からず、トリスタンを睨みつけた。複雑な感情とはまさにこのことだ。トリスタンの正体が今こそ分かった。どうして今まで気づかなかったのだろう。よく考えれば、分かったはずだ。トリスタンが乗っている馬の額に鋭い角が一本生えていることに。

「話はあと。モルガンを倒しに行くんだろ？」

トリスタンはにやりと笑って、飛ぶように馬を走らせる。

「行こう、世界を救いに」

トリスタンは金色の髪をなびかせて言う。かっこつけんな、と突っ込むと、楽しげな明るい笑いが返ってきた。その明るさに樹里の胸は光で満ち足りた。アーサーの息子はこんなに立派に成長するのか。ここにアーサーもいれば、どれほど幸せだったか。嬉しくて目が潤んでくるのを厭《いと》いながら、樹里はクロを走らせた。


騎士団とケルト族が剣を振り上げて魔物と闘っている光景が見えてきた。土煙が上がり、魔物の聞くに耐えない奇声と騎士たちの怒声が響いている。モルガンは杖を操り、騎士に炎の塊《かたまり》を投げつける。マーリンはそれを阻止しようと魔術で対抗している。

呪いの剣の入った純銀製の箱をランスロットの元に運ぼうとしている騎士がいた。あれをランスロットの手に渡してはいけない。

「それを使うな！」

樹里が叫ぶと、距離があったにも拘《かかわ》らず、モルガンと剣を交えていたランスロットが気づいた。

「樹里様⁉」

ランスロットの目がしっかりと樹里を確認し、その身体に闘志が漲《みなぎ》る。ランスロットはモルガンを妖精の剣で跳ね飛ばした。モルガンはランスロットの気迫に圧《お》され、凍ったラフラン湖に転がされる。

「忌々しいこと……」

モルガンが憎々しげに唇を歪め、左目から流れる血を拭《ぬぐ》う。ランスロットは呪いの剣をとろうと、騎士の持った箱に手を伸ばした。

その刹那《せつな》、雷光が呪いの剣の入った純銀製の箱に放たれた。ランスロットは雷光に弾き飛ばされ、箱を持っていた騎士もその場に倒れた。

「やめよ！」

厚い雲をかき分けて、白い馬に乗った妖精王が降りてきた。いつもの一角獣ではなく、背に羽がついた馬だった。妖精王は再び雷光を落とした。呪いの剣は箱ごと粉々に破壊された。

「妖精王、何故——」

ランスロットが驚いたように問いかける。

「そのような悪《あ》しきものを使って勝利を得ることは許さぬ」

妖精王はゆっくりと地面に降りて、厳《おごそ》かに述べた。樹里とトリスタンも戦場に駆け込んだ。魔物は妖精王の光を恐れるように、戦場から離れていく。神々しい光に、樹里は目を細める。

「ほほほ、とうとう妖精王を引きずり出してやったわ。その虫も殺さぬすました顔を、苦痛に歪めたいと思っていたところ」

モルガンは好機とばかりに杖を大きく振った。どこからか烏《からす》が黒い山のような集団で飛んできて、妖精王に群がる。妖精王は左手一本でそれを払いのけた。烏は妖精王の光に打たれて、次々とその羽が黒から白に変わっていく。

「私の憎悪を浄化するというのか、妖精王。だが、お前に私は殺せぬ！　お前は何者をも殺せぬ！それが妖精王の理《ことわり》だから！」

モルガンは勝ち誇ったように叫び、黒い烏をランスロットに向けた。ランスロットは妖精の剣でそれらを滅していくが、次から次へと群がって襲われ、腕や脚から血を流した。すでに満身創痍《まんしんそうい》だったランスロットは、しだいに剣を振る腕が鈍くなり、今にも倒れそうだった。

「お前を止めるのは私ではない」

妖精王はラフラン湖のような穏やかな瞳の色で告げた。

その時、モルガンの背後から一角獣が姿を現した。一角獣はモルガンの背中に前脚を振り上げるところだった。それを察知したモルガンが振り向きざまに杖で払おうとすると、鮮やかな剣さばきでモルガンの前に身を翻《ひるがえ》した者がいた。

「トリスタン！」

マーリンが驚愕《きょうがく》の声を上げる。トリスタンはエクスカリバーでモルガンの右腕を斬り落とした。杖が氷の上を転がる。モルガンは最初何が起こったか分からなかったようで、湖面に落ちた自分の右腕を呆然と見ていた。

「何を……、何を……貴様ぁあああ!!」

モルガンは肘から噴き出た血を見るなり、絶叫した。その瞳が信じられないというようにトリスタンを凝視する。モルガンだけでなく、その場に居合わせた騎士やケルト族すべてが動きを止めていた。モルガンの身体には剣が効かないはずなのに、トリスタンは見事にその腕を斬り落としたのだから。

「何故、その剣を操れる!? それは、アーサーにしか使えない剣！ 何故、何故!!」

モルガンはよろめきながら狂ったように喚いた。トリスタンは血のついた剣を数度振り、その切っ先をモルガンに向けた。

「よく聞け。俺の名は――俺の本当の名は、ルーサー・ペンドラゴン。アーサー王と神の子の間に生まれた奇跡の子。お前を倒すために、時を超えてやってきた」

トリスタンの青空のように澄み渡った瞳が、その場にいた全員を射貫《いぬ》く。

「俺は強いよ、魔術はキャメロット一の魔術師マーリンに習い、剣はキャメロット一の剣士、ランスロットに学んだからね」

トリスタン――いや、ルーサーは雄々しげにそう宣言した。ランスロットや騎士たちがどよめき、雷に打たれたように背筋を伸ばす。樹里も分かっていたはずなのに改めて衝撃を受けた。時を超えてきた、とルーサーは言った。これは将来、樹里が出会い、育てるはずの我が子だったのだ。唯一驚いていなかったのはマーリンくらいで、樹里はようやく気づいた。エクスカリバーを奪われた後、マーリンのショックがやけに小さかった理由——マーリンはトリスタンの正体に気づいていたのだ。

「アーサーの子、だと……⁉　そんな馬鹿な……、まさか妖精王、貴様の仕業か……っ」

モルガンはエクスカリバーを恐れるように、上擦った声で後退した。

「そんなものは認めぬ、私は負けぬ……っ、この地を破壊し、人々を恐怖に陥《おとしい》れる……っ」

モルガンはうわごとのように繰り返し、歌い始めた。だが術を唱える前に、ルーサーはエクスカリバーで残っていた右目を突き刺した。

ラフラン湖一帯にモルガンの悲鳴が轟《とどろ》いた。

「お前の命は奪わない。お前の半身は、善き者だからだ。本当はさくっと殺してしまいたいところだけど」

ルーサーはモルガンの右目から剣を抜き、抑揚のない声で言った。モルガンは両の目から血を流し、絶叫する。モルガンの視界は奪われた。

「おのれ、おのれぇ……っ、私は、負けぬ、アーサーの子などに私が負けてはならぬ」

モルガンは残った左手を伸ばして、何か唱えた。すると斬り落とされた右手が握っていた杖が、モルガンの左手に吸い寄せられる。ハッとして樹里は手を伸ばした。

「駄目だ！　モルガンが自死する！」

モルガンは両目が見えない状態で、歌いながら杖を逆手に持った。みるみるうちに杖が剣に変容していく。樹里はそれを止めようと走った。モルガンは自死して、母の命をもとに生まれ変わるつもりだ。それを阻止しなければならないのに、このままでは間に合わない。モルガンが遠い。剣先がモルガンの心臓に吸い込まれそうになった時、素早くそれを摑んだ者がいた。ランスロットだ。ランスロットがモルガンの剣を刃ごと摑み、阻止する。

「させぬ」

ランスロットは渾身《こんしん》の力でモルガンの作り上げた剣を破壊した。剣の刃は砕け散り、地面にばらまかれた。おそるべき怪力だった。ついでランスロットは宙を手で掻くモルガンの首にかけられたネックレスを引き千切った。

「返してもらう。これは私のものだ」

ランスロットは自分の瞳と同じ色の宝石を握りしめ、決然と告げた。モルガンがその場に膝をつく。樹里にはモルガンが死を諦《あきら》めていないのが分かった。モルガンは舌を嚙んで死ぬつもりだ。

「モルガン」

憎悪に凝《こ》り固《かた》まったモルガンの前へ歩を進めたのは、妖精王だった。

妖精王はすっと白い手をモルガンの頭に置いた。

「確かに我は誰も殺せぬ。幾万の命を奪った魔女でさえ殺せぬ。我はただ癒すのみ、だからお前の心も癒そう」

妖精王はモルガンの頭上に置いた手に癒しの風を注いだ。モルガンは怯《おび》えたように逃げようとしたが、優しく置かれただけの妖精王の手から何故か逃れられずにいた。

「やめろ！　やめろ！　癒しなどいらぬ！　私の心を蹂躙《じゅうりん》するのはやめろ‼」

モルガンは狂ったようにわめき、流れる血を撒《ま》き散《ち》らした。妖精王の手からきらきらと光るものがモルガンの身体に降りかかる。あれは以前憎しみに凝り固まったマーリンの心を癒したものと同じ光だと樹里は気づいた。

「やめろ、やめろぉ……、やめてくれ……」

モルガンは最初激しく叫んでいたが、徐々に声が小さくなり、最後には悄然《しょうぜん》とした様子でその場にへたり込んでしまった。

「あ……っ」

樹里は驚いて声を上げた。樹里だけでなく、その場にいた皆が目を見開く。モルガンの顔にどんどんしわが刻まれ、美しかった顔が老婆のようになっていく。これが本来のモルガンの姿なのかもしれない。哀れで醜い老婆——樹里はモルガンへの恐れが消えていくのを感じた。

いつの間にか真っ暗だった空が明るさを取り戻していた。暗雲は消え、太陽の光と、青い空が広がっている。妖精王はモルガンの頭から手を外すと、空に向かって合図をした。すると、雲の切れ間から、真っ白な一角獣が降りてきた。——その背中に樹里の母親を乗せて。

「母さん！」

樹里は目の前にすうっと降りてきた一角獣に駆け寄った。母は戸惑ったように、一角獣から降りる。白いゆったりしたドレスを身にまとっていた。頭には花で編まれた冠を載せている。モルガンそっくりの女性を見て、騎士やケルト族が思わず剣を構える。皆、何事が起きているか分からず、妖精王を注視する。

「翠《みどり》。こちらへ」

妖精王は母を手招きして、老婆となったモルガンの前に立たせる。母は複雑そうな眼差しで、モルガンを見下ろす。

「見ていたな？　お前はこの女を受け入れるか？」

妖精王に問われ、母はじっとモルガンを凝視する。剣を構えていた騎士たちも、妖精王の態度を見て剣を下ろした。

「この女を受け入れるなら、我は魂を一つに戻そう。されど、一つに戻ったなら、お前はモルガンの犯した罪を償うことに生涯をかけねばならぬ。つらく困難な道だろう。それでも、受け入れるか？」

妖精王は重ねて尋ねた。

樹里はびっくりして、妖精王の前に飛び出していた。母とモルガンが一つになる——しかも母がモルガンの犯した罪を償うだって？

「待ってくれ、いや、待って下さい、妖精王！　そんな、母さんがどうしてモルガンの罪を償わなければならないんですか⁉　過酷すぎる、母さんは何も悪いことしてないのに！」

樹里は母を止めようと、必死になって言い募った。

「それがこの世の理だからだ。この者は、同じ魂を持っている故」

妖精王は淡々と返す。妖精王と話しても埒が明かないと、樹里は母の腕を摑んだ。

「母さん、そんなことする必要ない！　モルガンはこのまま自死できないよう、どこかに閉じ込めておけばいいんだ！」

母は正義感が強いわけでもなく、責任感が強いわけでもない。だから間違っても妖精王の提案を受け入れないと思うが、一抹の不安があり、樹里はそう叫んだ。母はひたすらモルガンを見つめている。樹里の言葉など耳に届いていないようだ。

「妖精王。――受け入れます、私」

ふっと母の唇がほころび、いとも容易《たやす》くそんな言葉を口にする。樹里は仰天してあんぐりと口を開けた。何を言っているのか分からない。なんでそんな大変なことを引き受けるんだ。しかも笑顔で。

「樹里。ごめんなさいね。でも私、分かっちゃったのよ。ここにいるのは、もう一人の私なんだって。妖精王からモルガンの過去を知らされ、モルガンがどれだけ非道な真似をしたかも全部見たわ。私じゃないと言うのは簡単だけど、私はもう知ってるの。これは私です。私なのよ、樹里」

初めて見る凜《りん》とした母の姿だ。妖精王の下で、何があったかは分からない。けれど今日再会した母は、以前の母ではなかった。

「よく申した」

妖精王は母の手を取り、うっすらと微笑んだ。妖精王の満足げな笑みを見たのは初めてだった。樹里はまだ納得いかなくて、どうにかして止められないかと母の腕を掴んだ。

「樹里様」

子どもみたいに駄々をこねる樹里を、ランスロットが優しく抱き寄せる。ランスロットの手で母と引き離され、樹里は涙を溜めて母を見つめた。

「キャメロットの者よ、ケルト族の者よ、よく聞くがいい」

妖精王は騎士とケルト族を振り返り、厳かに告げた。

「悪しき魔女は善き魔女へと生まれ変わる。この場にいる者すべてが証人だ」

妖精王はへたり込んでいたモルガンの胸に手を当てた。モルガンは抵抗することなく、うつむいている。妖精王の手がモルガンの胸の中に吸い込まれていったと思う間もなく、その手に光の玉が握られていた。妖精王が胸から手を抜くと、モルガンは糸が切れた操り人形のように地面に倒れた。

妖精王は手に持った光の玉を、母の胸に押し込む。母は妖精王の手が胸の中に入ると、衝撃を受けたように全身を反らせた。

「あ、あ、あ……」

妖精王が母の背中を支えたまま、手を引き抜く。母は絶叫した。大きく震え、自分の身体を抱きしめる。長い黒髪が揺れて、母は妖精王の手から逃れるように前のめりになった。母は痛みに耐えるように唇を白くなるまで噛みしめた。

その瞳から大粒の涙があふれる。

「ああ……、私は……」

母は痛みに顔を歪め、地面に手をついた。

「母さん！」

樹里はランスロットを押しのけ、母の手をとった。母は顔中を涙で濡らし、苦しげな息を漏らす。母の着ていた白いドレスに、点々と血が浮かび上がった。それらは徐々に広がっていく。思わずドレスの裾を捲《まく》り上《あ》げると、母の白い脚に無数の切り傷が現れていた。それはまるで棘《とげ》のある蔓《つる》で縛り上げたかのような傷跡だった。

「お前はお前が殺した命の分だけ、命を救わねばならない。それが成し遂げられた時、その痛みは消えるだろう。新生モルガンよ、お前はエウリケ山に戻り、課せられた使命を果たすまで山から下りることは叶わぬ。キャメロットの民をこの国に縛りつけたように、今度はお前がエウリケ山に縛りつけられるのだ」

妖精王は淡々と述べた。モルガンが償うならば妥当な罰だが、樹里は納得できなかった。母は何も悪くないのに、母が罪人のように扱われるなんて。

「そんな……そんな……」

樹里は涙を流し続けた。

「……分かりました、妖精王」

母は無理やり笑みを作り、気丈に立ち上がった。頭上の花冠まで今や赤く染まっていた。母の全身から血が滲《にじ》み、白いドレスを赤く染めていく。母の凛とした立ち姿に樹里は何も言えなくなった。自分の運命を受け入れる母は、これまでの人生の中で一番美しかったからだ。もう自分には止められない。

「キャメロットの民よ、ケルト族の者よ、モルガンに対する憎しみは消えないだろうが、我に免じて、怒りを収めよ。魔女は正当に罰せられたのだから」

妖精王は騎士やケルト族に向かってそう言うと、東の空に向かって手招いた。妖精王に反論する者はもはやいなかった。皆、複雑な思いを抱きつつも、母と魂の抜けた人形のように倒れているモルガンを見つめている。

東の空から現れたのは、竜だった。

竜は宙をふらふらと飛んでいた。よく見ると、長い口から首にかけて黒い荊がぐるぐる巻きになっている。以前モルガンを運んできた竜だ。竜は半ば落ちるように樹里たちの近くに降りてきた。妖精王が母に目で合図する。母は竜に近づいた。一歩歩くたびに痛みが走るようで、その歩みは頼りなく遅かったが、自分の足で竜に近寄る。

「ごめんなさいね」

母は竜の首を撫で、赦しを求めるように呟いた。竜はぎょろりと母を見やり、不満そうに顔を背ける。母は竜の口に手を当てながら、聞いたことのない歌声を聞かせた。それが魔術であることに気づき、樹里はぎゅっと拳《こぶし》を握った。本当に母はモルガンと一つになってしまったのだと分かったからだ。

母の歌声が竜の口や首に巻きついた黒い荊を消していく。己を縛っていた鎖が解かれた喜びに、竜は興奮して大きな口を開けた。そしてすぐさま母に鋭い爪をかざそうとする。

「竜よ、魔女をエウリケ山へ送るのだ」

母を襲おうとした竜は、妖精王の命令に振り上げた爪を下ろした。いかにも不承不承、といった体《てい》で背中を見せる。母はよろよろとした足取りで竜に乗った。

竜に乗った母は樹里を振り返る。その瞳に光るものを見つけ、樹里の目にもまた涙が浮かぶ。

「マーリン、予定は変更になったわ」

母は明るくマーリンに声をかけ、竜の首にもたれかかった。予定は変更というのは、事がすんだら自分の世界に戻してくれと頼んでいた件だろう。

「樹里……この世界に連れてきてくれて感謝しているわ」

母は小さく呟いた。竜は大きな羽を羽ばたかせ、すうっと浮いた。その場にいた皆が竜を見上げ、湧き起こった風に目を細める。竜は旋回しながら上空に浮かび上がった。そしてすごい速さで飛んでいく。

「母さん……」

樹里は小さくなっていく竜を見つめ、涙を拭った。

「永遠の別れではない。会いたい時にはエウリケ山へ行けばよい」

妖精王が樹里の横に立ち、そっと告げる。その言葉を聞いたらまたぽたぽたと涙が落ちる。母は命を失うことは免れた。だがエウリケ山という遠い場所に隔離されることになった。他に方法はなかったのか、これがベストな選択だったのか、今の樹里には分からない。

——何かが終わったのだと樹里は悟った。

「ラフラン領はずいぶん汚れてしまった」

妖精王は羽の生えた白い馬に跨り、呟いた。ランスロットや他の騎士、ケルト族までが妖精王の前に跪《ひざまず》く。

「人々の心に光が戻り、場が浄化されたら妖精も戻ってくるだろう。ランスロット、後は頼んだぞ」

妖精王に名指しされ、ランスロットは深く頭を下げる。

「喜んで。領主たる私の使命です」

ランスロットの返事は妖精王の得心がいくものだったようだ。小さく頷き、白馬の首を撫でた。白馬は白い羽を広げ、宙に躍り出た。妖精王を乗せた白馬は、ラフラン湖の上をくるくると回る。すると光の柱が数本出現して、凍っていたラフラン湖がみるみるうちに融《と》け始《はじ》めた。

気温が上がり、凍っていたラフラン領の水源すべてが氷から水に戻る。

妖精王の姿が空に消えると、樹里たちはようやく緊張を解いた。ランスロットは大股で樹里に近づき、腕の中にきつく抱きしめてくる。

「樹里様、戻ってこられて本当によかった……。あなたを妖精の剣で刺した後、死んだようになってしまい、胸が張り裂ける思いでした」

ランスロットは樹里が生きている感触を確かめるように、力任せに抱く。少し痛かったが、ランスロットをひどく心配させたのが分かったので、樹里は黙って抱きしめ返した。騎士たちの顔はまだ戸惑っている。樹里はランスロットの腕を突いた。ハッとして、ランスロットが樹里を解放する。

「——魔女は倒した！」

ランスロットは地面に倒れているモルガンの首筋に手を当て、高らかに叫んだ。

そこにあるのは今や朽ち果てた魔女の死骸《しがい》だ。人というより、別の生き物のようだった。

「我らの勝利だ！」

ランスロットが宣言すると、呼応するように騎士たちが歓声を上げた。ケルト族もこぞって拳を突き上げている。今まで自分たちを苦しめていた魔女モルガンは、目の前で息絶えていた。モルガンの魂が母と一つになったことなど、騎士たちにはきっと理解できない。だからランスロットは魔女を倒したと宣言することで、この闘いを終わらせようとしたのだろう。

「治癒力が戻ったのだな、樹里」

マーリンがやつれた面持ちで問う。多分と答えると、マーリンが杖を振りかざして歌い始めた。樹里の頬や目に残った涙が集められ、魔術によって騎士やケルト族に光の雨を降らせる。ほとんどの騎士やケルト族がひどい傷を負っていたが、光の雨に濡れると傷が癒えていく。マーリンは魔術で樹里の治癒力を増幅させ、味方の兵を癒したのだ。騎士やケルト族の顔に笑顔が戻ると、当然のごとく、皆の視線を集める者がいた。

「ルーサー・ペンドラゴン！　アーサー王の御子よ！」

マーハウスが叫び、ルーサーの前に次々と騎士たちが跪く。ランスロットもマントを翻し、ルーサーの前に膝をついた。驚いたことに、マーリンもそれに加わった。

立っているのは樹里だけだ。

ルーサーはかしずかれるのはあまり好きではないのか、苦笑して樹里の肩に馴れ馴れしく腕をかける。思わずその腕をぴしゃりと払いのけた。

ランスロットは瞳を輝かせてルーサーを見上げる。

「まさか妖精王が導いた相手がアーサー王の子だったとは……これまでの数々の無礼をお許し下さい」

ランスロットは生真面目な態度でルーサーに頭《こうべ》を垂れる。思い返してみても、特に無礼なことをしていた記憶はないが、ランスロットらしい生真面目さだ。

「皆立って。つうか、俺二十年後の皆とか知ってるからね!?　グィネヴィア姫が誰と結婚したかとか知ってるしね!?　誰が誰とくっついてるとかも把握してるからね！」

ルーサーはからかうように騎士たちに大声で言う。とたんに跪いていた騎士たちがこぞって立ち上がり、ルーサーに群がる。遠慮しつつも鬼気迫る様子で教えてくれと懇願し、ルーサーは意地悪く笑っている。誰に似たのか、いい性格をしている。

「ルーサー殿！　グィネヴィア姫のお相手は私ですよね!?」

「いやいや俺でしょ！　絶対俺に気があるって！」

マーハウスとユーウエィンは真実を知ろうとやっきになっている。ルーサーが騎士たちとたわむれている姿を見ながら、樹里はマーリンに尋ねた。

「マーリン、いつから気づいてたんだ？　アーサーの遺体が壊されても怒らなかったのってそういうことなんだろ？」

「不審な点はいくつもあった。だが、確信したのは遺体を破壊された夜だ。——トリスタンは宝物庫に入れた。王族しか入れないはずの宝物庫に。それに四精霊を操れるほどの魔力、アーサー王の御子であるなら、当然の能力だ。お前の血を、ひいてはモルガンの血を引いているのだから。奴はお前を常に守っていた。母であれば当然だな」

マーリンは騙《だま》されていたというのに、怒るどころか満足そうだ。マーリンがルーサーに惹《ひ》かれた理由は、アーサーの子だったからなのだろう。

わいわいと騒がしいルーサーたちの間に一角獣が割って入った。一角獣は時間だというように鼻先をルーサーに押しつける。

「そろそろ自分の世界に戻らなきゃならないみたいだ。俺はこの国を守るために呼ばれてきただけだからね。この後、小さい俺が来るから、しっかり可愛がってくれよ？」

ルーサーは一角獣の背を撫でながら言う。

「えっ、そっか……戻っちゃうのか」

樹里はルーサーに駆け寄り、将来出会うであろう我が息子を抱きしめた。何だかずっとこのままいるような気になっていたが、ここにいるのは未来の子どもなのだ。

「樹里、俺は妖精王に陽気な子鬼と呼ばれるくらい手がつけられない子どもだから、子育てしっかりがんばって！」

「他人事《ひとごと》みたいに言うな。つか樹里って」

自分自身の子育てをがんばってくれと言う子どもがどこにいるのだろう。しかも呼び捨てだし。樹里が顔を引《ひ》き攣《つ》らせると、ルーサーがはっはっはと陽気に笑った。

「母上って呼ぶと怒るからじゃないか。自分で樹里って呼べって言ったのに」

なんと樹里と呼べと言ったのは自分だったのか。いかにも自分が言いそうだと合点がいった。男なのだから母上とか呼ばれたくない。

「その自信満々なとこ直せって夢の中でアーサーが言ってたぞ」

アーサーとの逢瀬を思い出して言うと、ルーサーがふっと真面目な顔つきになった。

「いつか痛い目を見る、だろ？　そんなことランスロットにもマーリンにも何度も言われてる。いいね、一度遭ってみたいよ。痛い目ってやつにさ」

いけしゃあしゃあとのたまうルーサーに樹里は呆れた。自信過剰すぎて手がつけられない。こんなふうにならないように育てなければ。

「そうそう、親父《おやじ》の遺体破壊しちゃって悪かったな。まさかアーサー王の遺体を破壊したのが自分だなんて思わなかったよ。エクスカリバー取ろうとしたら、しっかりくっついててとれなくてさ。上手くごまかしておいて」

ルーサーは樹里にこっそりと耳打ちして、舌を出した。宝物庫に入ったのはひそかにエクスカリバーを探していたからだろう。話してくれれば、疑わずにすんだのに。いや、ルーサーは自分の正体は秘密にしておく必要があったのだろう。モルガンにばれないために。

ルーサーはひらりと一角獣に跨った。

「では皆さん、ごきげんよう」

ルーサーは明るく手を振ると、エクスカリバーを腰に提げたまま、一角獣に乗って空へ消えていった。ルーサーの姿が見えなくなると、ほんの少ししんみりした空気が流れた。

「アーサー王の御子は、太陽のような方ですね」

ランスロットは微笑んで樹里の手を握った。その通りだと樹里も微笑み返した。

多くの死者は出したが、魔女は倒し、平和が戻ってきた。ラフラン領に残っていた魔物はすべて駆逐され、明るい光がラフラン領に戻ってきた。ケルト族はキャメロットと条約を結び、互いに助け合うことを約束した。傷を負った者たちはすべて治癒し、ケルト族は村に帰っていった。魔女を倒したということで、ラフラン領では一週間近く祝宴が続いていた。モルガンの遺体はその間城壁に吊るされ、憎悪を捨てきれない領民によって石を投げられた。樹里にとっては胸が痛む光景だったが、領民の怒りを収めるためには致し方ないことだった。領民は母の存在は知らない。真実を知っているのはごく一部の人間だけだ。エウリケ山に魔女退治に行く者が出ないようにというランスロットの計らいだった。

祝宴も終わりかけた頃、朝日と共に妖精王が現れて、白い産着に包まれた赤子を運んできた。真っ白ですべすべな肌に、青く美しい瞳と金色の豊かな髪を持ったアーサーと樹里の子だ。樹里は赤子を抱くのは初めてで、ふにゃふにゃして恐ろしかった。すぐにランスロットに手渡した。

「特別な子だ。特別な力をいくつも持っているので、三歳になった時、一度我が預かろう。人というより、神に近い生き物だ」

妖精王に告げられ、責任の重さに背筋が伸びた。本当にちゃんと育てられるのか、心配だ。そう思ってランスロットの腕にいる赤子を覗き込むと、無邪気にきゃっきゃっと笑う。これがあれになるのかと思うと感慨深い。

「キャメロットに祝福を」

妖精王は空から国中に癒しの光を振りまいてくれた。

アーサー王の子、ルーサーは生後五カ月でキャメロットの王になった。成人するまで執政は樹里たちが代行するが、いずれキャメロットの善き王になるだろう。樹里たちは落ち着いたら王都に戻ることになっている。ルーサーも一緒だ。王都にいるダンたちはルーサーに会うのを、首を長くして待っている。

「可愛いですねぇ」

サンとクロは小さいルーサーに夢中だ。サンはいくつも産着を作り、クロは長い舌でルーサーを舐め回している。ルーサーはすでに離乳食になっていたので、乳母は必要なかった。サンが世話を焼きまくっている。

　樹里はその日、ルーサーをサンとクロに任せ、ランスロットと湖岸を歩いていた。明日は王都へ出発する予定で、その前にもう一度ラフラン湖を眺めておきたかったのだ。樹里は泳げないので水は苦手だが、ラフラン湖は好きだ。早く妖精たちが遊ぶ元の姿に戻ってほしい。

「舟に乗りますか？」

　ランスロットに誘われて小舟に乗った。ランスロットは櫂《かい》を漕《こ》ぎ、湖面をすいすいと移動する。

「……樹里様、何か考え込まれておられるようですね」

　湖面を見つめていると、ランスロットが静かに切り出した。樹里は苦笑して膝を抱えた。ランスロットに隠し事はできない。

「母さんが、モルガンと一つになっただろう？　なんか、考えちゃってさ……」

　あの時のことを何度も思い返し、樹里は複雑な心境になっていた。

「母さんがそうしたように、俺もジュリと一つになるべきなのかなって……」

　湖面の水を指で掬《すく》い、樹里は呟いた。ランスロットは黙って聞いている。

「何で俺に治癒力があるか、考えてたんだ。ジュリが殺戮《さつりく》するから、その分俺には治す能力があるのかもしれない。相殺って言い方変かもしれないけど……、それに今は仮死状態だからいいけど、マーリンが死ぬようなことがあったら、生き返るわけだろ？　その前に……どうにかするべきじゃないかなって」

　樹里は大きなため息をこぼした。

「っていっても、俺は母さんみたいには受け入れられない。それが正解でも、今はジュリと一つになれないよ。ランスロット、どう思う？」

樹里は客観的な意見が聞きたくて、ランスロットを見やった。

「今、その答えを出すべき時ではないと私は思います」

ランスロットは櫂を漕ぎながら言った。

「あなたがあなたでなくなるかもしれないのは、私には恐ろしいことです。それにジュリとモルガンでは状況が違います。早急に答えを出す必要はないのではないですか？」

樹里はそうだよなぁと頷いた。無理に一つになる必要はない。いずれ自分の心が自然とジュリを受け入れる時がくるかもしれない。

「そうする。ありがとう、納得した」

樹里ははにかんで笑った。

「国が落ち着いたら、一緒にエウリケ山へ行きましょう。樹里様の母上に会うために」

ランスロットは優しく微笑んで言った。樹里は嬉しくて、何度も頷いた。

湖岸に舟をつけ、久しぶりに禁足地に降り立った。ランスロットは舟を縄で杭《くい》に縛りつけている。ルーサーの王位継承の儀式に使う神具を取りに来たのだ。今日はいい日和《ひより》だ。腕を伸ばして、日差しを浴びる。ここに来たのはランスロットに初めて抱かれた日以来だ。

「ランス……」

あの時のことを思い出して赤くなって振り返ると、ランスロットに抱き寄せられた。情熱的に唇を奪われ、頬を染めながらもその腕に身を委ねる。

「樹里様……」

ランスロットは樹里の髪をまさぐり、何度も口づけする。禁足地は湖岸から遠く離れているとはいえ、真っ昼間から不埒な行為に及んでいるのを見られる危険性もある。樹里はランスロットの腕を引っ張り、神具が収まっている建物に入った。

「あのさぁ、もう知ってるかもしれないけど言っておく」

篝火《かがりび》を焚《た》き、建物内を明るくすると、樹里はランスロットの手を握り、じっと見つめた。火の明かりに照らされて、ランスロットの端整な顔が瞳に映る。

「俺もお前のこと愛してる」

恥ずかしかったので、思い切って一気に言った。

最初ランスロットは目を見開き、何も言わずに樹里を見つめていた。その目に涙が浮かび、大きな手が樹里の頬を包む。まさか泣くとは思わず、胸がドキドキした。

「今、死んでも構いません」

ランスロットの優しい吐息が肌に触れ、樹里は真っ赤になった。

「死んじゃ駄目だろ、つうか……や、も一。なんか俺まで泣けてきた」

これまで起きた数々の出来事が頭を過《よ》ぎり、ランスロットにつられて樹里も涙ぐんで抱きしめた。ランスロットの手が力強く樹里を抱き返す。アーサーへの愛が消えたわけではない。アーサーは大事で、大切な人だ。それでも今はランスロットと一緒に生きたかった。

この国で、共に。

ランスロットは情熱的に樹里を抱え上げると、奥の間にある敷布の上に寝かせた。伸し掛かってくる重みを愛しく感じながら、樹里は甘い吐息をこぼした。

9 光の庭

Garden of Light

清涼な空気が頬を撫で、どこからか薄紅色の花びらが舞ってきた。

ルーサー・ペンドラゴンは光の庭にどっしりと構えている楡《にれ》の木の根元にいた。楡の木にもたれかかり一体化すると、自分の手足が長く伸びた枝になり、細胞の一つ一つが葉となり、風に乗ってどこまでも飛んでいく。ルーサーにははるか遠く離れた地も見通すことができた。大空を舞う猛禽類《もうきんるい》のくちばしに銜《くわ》えられ、見知らぬ海や山にも訪れた。この大木は地上のあらゆる場所へ通じていて、ルーサーに新しい世界を見せてくれる。

「ルーサー」

優しく声をかけられて、ルーサーは静かに瞼《まぶた》を開けた。

花々に囲まれ、美しく豊かな銀色の髪を持つ緑の人が立っていた。頭上に荊《いばら》の冠を戴《いただ》き、整った白い面《おもて》と理知的な瞳を持ち、白く光る衣をまとった妖精王だ。

ルーサーは大きく伸びをして立ち上がった。

「あー残念、もう少し若い頃の皆と話していたかったんだけどなぁ。終わったら即撤収って、厳しすぎません?」

肩をこきこき鳴らして、ルーサーはにやりとした。

つい先ほどまで、ルーサーは二十年前のキャメロットにいた。妖精王の神秘のなせる技で、時を超え、キャメロット王国を救いに行ってきたのだ。二十年前のキャメロットは惨憺《さんたん》たる有り様で、ルーサーの知っている世界とはまったく違っていた。二十年の間にどれだけ復興に力を注いだか分かろうというものだ。

子どもの頃から吟遊詩人の詩を聴いたり書物を読んだりしてはいたが、実際の魔女モルガンは想像以上に恐ろしい力を振るっていた。ルーサーの知っているモルガンとは別人としか思えず、子どもながらにどうしてあの綺麗な祖母が悪く言われていたのか不思議に思っていたのだが、会ってみてよく分かった。あれは怖い。父であるアーサーが討たれたのも仕方ないと思えるほど、強大な魔力を持っていた。

「長居すると、そなたは余計なことをしゃべりすぎるゆえ」

妖精王はルーサーに近づいて言った。妖精王が歩くたびに、草花が地面から嬉しそうに生えてくる。妖精王の行く先々で花はほころび、緑は生い茂っていく。

――二十年前のキャメロットに赴き、国を救ってくるように。

妖精王にそう言われたのは、ルーサーが二十歳《はたち》になった時だ。

ルーサーはアーサー王と神の子樹里《じゅり》の間に生まれた。父親はルーサーが生まれる前に亡くなっていて、絵姿でしか見たことはない。母親である樹里は綺麗な顔をしているがどうみても男で、どうやって自分が生まれてきたのか謎だった。不思議な出生のせいか、ルーサーは生まれながらに精霊や女神、動物や草花と話すことができたし、特別な能力を持っていた。剣技はキャメロット一の騎士ランスロットに習い、魔術は国一番の魔術師マーリンに師事した。

ルーサーが物心ついた時にはキャメロットは平和だったので、かつてこの国が滅びかけたなんて聞かされても実感が湧かなかった。

――そなたにしかできぬこと、魔女を止めるのだ。

妖精王は二十年前の自分から頼まれたと言い、ルーサーを過去へ送り出した。

ルーサーは生まれた時から王だったので、身分を偽って生活するというのがひどく面白かった。気安く話しかけられるのも楽しかったし、若い頃の皆と肩を並べるのもいい気分だった。

一つ、悔いが残るのは、父アーサー王の石像を破壊したことだ。

マーリンの封印魔術を解き、棺《ひつぎ》を開けた瞬間、ルーサーは初めて会った父の姿に感銘を受けた。自分と似た面立ち、石像になってもあふれ出る王者のオーラ、樹里が惚れるのも当たり前と納得した。本当はエクスカリバーだけ抜き取って、アーサーの石像はそのままにしておきたかった。けれどどんな魔術を使ってもエクスカリバーだけを抜き取ることは叶わず、最終的には力技で抜き取るしかなかった。

ルーサーの時代では、アーサー王はアヴァロン島で復活を待っていると言われていた。樹里からは「それは表向きで、アーサーの石像は破壊されたから復活は無理」と教えられていた。どうりでその話をするたびに樹里が悲しげだったり、笑ったりと意味不明だったはずだ。まさかアーサー王の復活を阻止したのが自分だったとは。

とにもかくにもキャメロットは救われた。自分は果たして物語の主人公になれただろうかと、ルーサーは空を仰いだ。

「……よくやった」

微笑みを浮かべ、妖精王がルーサーの金色の頭を撫でた。

子どもの頃にもよくこうされたっけ、とルーサーは噴き出した。

「えー、俺もう二十歳なんですけど。王、いつまで俺を子どもだと思ってるんですか」

ルーサーがおどけて言うと、妖精王が花のように笑う。妖精王の笑みは空気を温かくする。ルーサーも妖精王に笑いかけられるのが大好きだ。

妖精王はキャメロット王国を慈しんでいる。そこに暮らす人々を、大事に思っている。だから魔女モルガンの手で破壊される前に、手を打った。行きすぎた行為と妖精国の住人から咎《とが》められても、この国を守りたかったのだ。

「では俺は自分の世界に戻りますよ」

ルーサーはウインクして指笛を吹いた。光の庭を白く輝く一角獣が走ってくる。今回の旅では地上を連れ回しすぎたので、少しご機嫌斜めだ。他の馬と厩舎《きゅうしゃ》に押し込められたのを未《いま》だ根に持っているらしい。

「いざキャメロットに！」

ルーサーは一角獣の背に跨《また》がり、陽気に走りだした。妖精王がたおやかに手を振って、いつまでも見送ってくれた。

POSTSCRIPT

HANA YAKOU

こんにちは&はじめまして。夜光花です。
長きにわたって続いたこのシリーズも完結です。おつきあい下さった皆様、出版社様、どうもありがとうございました。『少年は神』シリーズを含めると、なんと2014年からやっていたのですね。ランスロット編までやらせてくれて本当に有り難かった。感謝、感謝です！

アーサーがいなくて、どうやって敵を倒せばいいのか悩んだものでしたが、ちょっと裏技使ってなんとかなりました。こちらはこちらでハッピーエンドじゃないかなと思います。樹里の母親はタフなので、きっと新しい世界で図太く生きていくはずです。たまに孫が遊びに来てくれるのでしょう。なにげにマーリンも遊びにきそう。

ランスロットと樹里はいい感じに歳をとっ

て、老いてもラブラブっぽい感じがありますね。不遇な扱いを受けたランスロットが幸せになってくれたので、私も安心しました。騎士シリーズを始めた当初は、渋谷を歩くランスロットとか入れたいと思っていたのですが、話の流れ的に入れられず……。お遊び要素はなかったですが、悔いなく書き終えたので満足です。

イラストを担当して下さいました奈良千春先生。シリーズ通してたくさんの萌えをありがとうございました。表紙の美しさと口絵のほのぼのさ。これで彼らの絵が見れないと思うとちょっと寂しいですが、こんなにたくさん描いてもらえて感無量です。本当にありがとうございました。奈良先生はインスピレーションを与えてくれる稀有な作家さんだなぁと改めて思いました。

夜光花 URL http://yakouka.blog.so-net.ne.jp/
ヨルヒカルハナ：夜光花公式サイト

担当様。一緒にあれこれ考えて下さり、いつもありがとうございます。またぜひ、いい萌えと的確な指導をよろしくお願いします。

読んで下さった皆様。長い間シリーズを見守ってくれてありがとうございます。感想など、聞かせてくれたら嬉しいです。

ではではまた。新しい話でお会いできますように。

夜光花

このたびは小社の作品をお買い上げくださり、誠にありがとうございます。
この作品に関するご意見・ご感想をぜひお寄せください。
今後の参考にさせていただきます。
https://bs-garden.com/enquete/

騎士の祈り

SHY NOVELS354

夜光花 著

HANA YAKOU

ファンレターの宛先

〒101-0065 東京都千代田区西神田3-3-9大洋ビル3F
(株)大洋図書 SHY NOVELS編集部
「夜光花先生」「奈良千春先生」係

皆様のお便りをお待ちしております。

初版第一刷2019年6月5日

発行者　山田章博
発行所　株式会社大洋図書
〒101-0065 東京都千代田区西神田3-3-9大洋ビル
電話 03-3263-2424(代表)
〒101-0065 東京都千代田区西神田3-3-9大洋ビル3F
電話 03-3556-1352(編集)
イラスト　奈良千春
デザイン　Plumage Design Office
カラー印刷　大日本印刷株式会社
本文印刷　株式会社暁印刷
製本　株式会社暁印刷

ISBN978-4-8130-1322-8